"TERRES D'AVENTURE"
série dirigée par Marc de Gouvenain

TERRES D'AVENTURE – ACTES SUD
CONCEPTION : MARC DE GOUVENAIN ET BERTRAND PY
Série éditée avec la collaboration
d'Hervé Derain et Daniel Popp

Les manuscrits sont à adresser à Actes Sud,
Le Méjan, place Nina-Berberova, 13200 Arles.
Informations presse : Régine Le Meur ; tél. 66 83 20 22.
Informations libraires : tél. 90 49 86 91.

Informations voyages : agence Terres d'aventure,
6, rue Saint-Victor, 75005 Paris, tél. 1. 53 73 77 77.

LE SECRET SAUVAGE

ISBN 2-7427-1016-7

Illustration de couverture :
Bruegel l'Ancien, *Les Chasseurs dans la neige* (détail), 1565
Kunsthistorisches Museum, Vienne.

Stanislas de Haldat

LE SECRET SAUVAGE

récit

ACTES SUD
HUBERT NYSSEN ÉDITEUR

KAZAKHSTAN
Burqin
KIRGHIZISTAN
Karamaï
DZOUNGARIE
Gulja
Ürumqi
Barkol
Turfan
Hami
TADJIKISTAN
XINJIAN
Kachgar
PAMIR
Tashkurgan
désert du
Takla Makan
Lac
Lob Nor
Khotan
Monts ALTYN
Dépre
du Tsai
AF.
KARAKORAM
LADAKH
P.K.
Leh
ZANSKAR
MONTS KUN LUN
CHAINE
CHANG-TANG
TIBE
(XIZAN
Mt Kaïlash
DE
NEPAL
Tsang-po
L'HI
Katmandou
Mt Everest
MALAY
Jiri
Namche Bazar
Sikkim
BHOUTAN
INDE

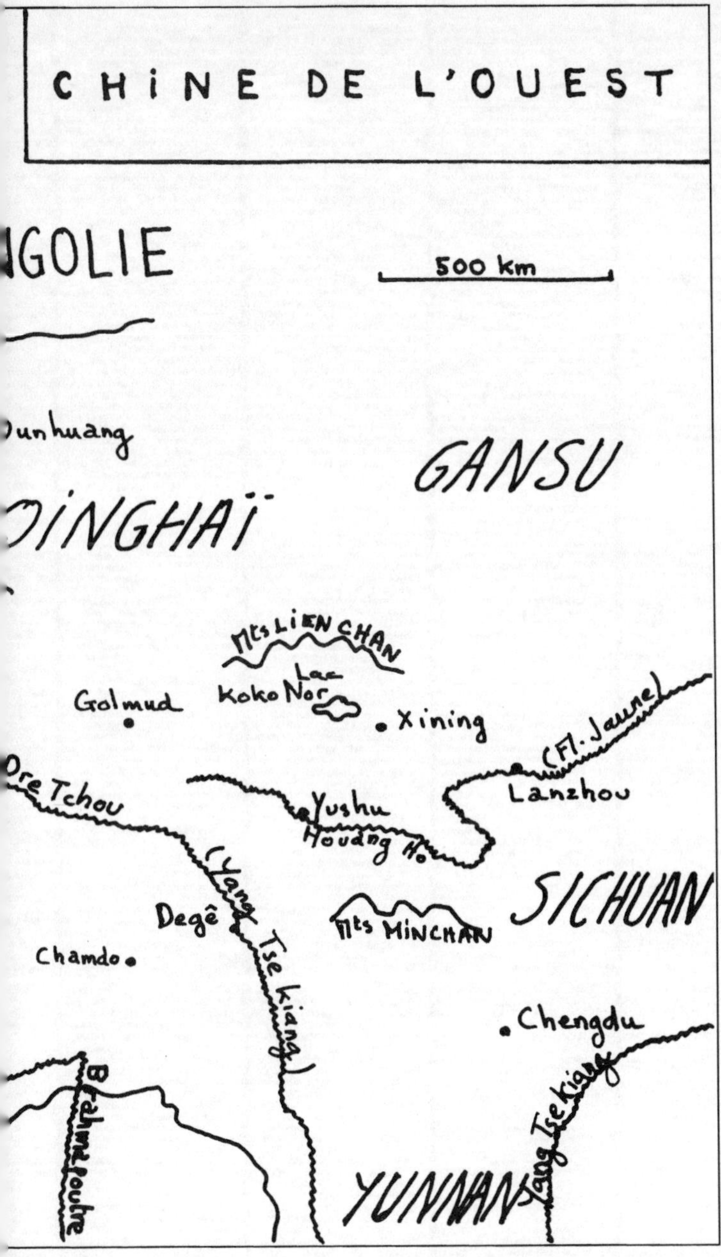

Carte établie par Marc de Gouvenain

Longtemps Pékin m'a paru loin. Longtemps il m'a semblé impossible de figurer des contours à cette ville et encore moins d'en supposer l'architecture et l'allure. Quant au peuple qui l'habitait, je ne pouvais tout simplement pas l'imaginer. Je ne lui donnais ni couleur, ni odeur, ni mœurs. Pékin n'était alors pour moi (je vous parle de mes jeunes années) qu'une sorte de vaste cratère gris creusé dans une montagne nue dont le sommet était constitué par le trait vertical du *k* central. PéKin. Ce K gigantesque culminait aussi dans mon esprit comme une énorme antenne de télécommunications qui perçait le brouillard pour envoyer par les ondes des ordres à tout l'empire de Chine.

Quand ce nom de Pékin s'infiltrait dans mon cerveau, ce qui n'arrivait que la nuit pendant mon sommeil, j'avais le sentiment d'être l'un des récepteurs de ces messages hertziens. Je me réveillais le matin avec l'étrange impression d'avoir été appelé par la ville du grand K et celle aussi d'avoir délibérément ignoré ses ordres.

Mon imagination situait Pékin sur une autre planète, un astre morne au relief lunaire et désolé, et c'est un astronef qu'il m'eût fallu savoir inventer pour aller la visiter.

Un jour un avion au départ de Budapest m'y déposa. Puis j'y arrivai par un train venu de Hong Kong *via* Canton, et une fois encore, la troisième, deux ans plus tard, par un Boeing d'Islamabad.

Entre-temps, j'ai couru la Chine et une partie de l'Asie du Sud et du Centre, dressé des échelles, établi des comparaisons et vérifié mes enfantines impressions nocturnes. Pékin est bien un cratère gris d'où se gouverne, dans un bourdonnement sourd de chaudière ponctué d'inquiétantes explosions, plus d'un milliard d'hommes jaunes.

Et – c'est ainsi que toute cette affaire a commencé – Pékin est aussi la ville d'où filtre régulièrement, depuis trois décennies, une curieuse information, abasourdissante. Celle-ci, dont n'apparaît de prime abord que le caractère amusant, folklorique et sensationnel mais qui constitue à mes yeux une révélation politique terrible, de première importance, susceptible de bousculer l'ordre des dragons d'Asie, d'Amériques, de Russie, d'Europe et peut-être du monde entier : un, plusieurs hommes sauvages, sans langage ni feu, ont été aperçus aux confins du pays.

Ainsi sont-ils toujours décrits (car rien n'est encore élucidé) : mi-humains mi-animaux, ils vivent au plus profond des grottes et des forêts où des paysans, des pasteurs ou des patrouilles égarées dans ces mauvais parages les débusquent par hasard. Ils sont souvent couverts de poils et toujours doués de la force surprenante des bêtes. Farouches et effrayants, très rares, ils existent bel et bien, mille témoignages le confirment.

Au début (lorsque la nouvelle possédait encore l'attrait du neuf) sollicités par les médias ou joignant leurs intérêts de gloriole à ceux des journalistes en mal de sujet, les scientifiques du monde entier, alertés – enfin du croustillant et du juteux à se mettre dans la cornue – se sont interrogés : ces hommes sauvages étaient-ils des spécimens du Néandertal défiant le temps ? Le fameux chaînon manquant entre le singe et l'homme ? Des hominidés X ? Légendes ? Rumeurs ? On ne savait et on ne sait toujours pas.

La yétimania, nourrie de ces doutes publics, est montée comme un soufflet puis est retombée. Elle est parfois relancée, avec peine il est vrai, quand la presse cherche des lecteurs.

Pourtant, mauvais esprit, de la présentation de ces mystères, je tire trois observations.

La première : dans un pays comme la Chine où la science fait corps avec l'Etat et l'idéologie du Parti, pas un homme politique ne s'est exprimé sur le sujet alors qu'à un niveau ou un autre, tous les services de l'Administration – de la police aux entreprises de transport – ont été mis à contribution pour soutenir les expéditions nationales lancées aux trousses de la bête. Comme si, vis-à-vis de l'étranger, les responsables de l'Etat voulaient montrer qu'ils ne voyaient là qu'une histoire sans importance, une anecdote de plus dans un pays qui recèle toutes les merveilles folkloriques propres à exciter l'imagination des paysans et des rouletabilles de bandes dessinées. "Le yéti ? Quel yéti ? Ne nous dérangez pas avec ces histoires… A Pékin nous avons bien autre chose à faire…

— De plus sérieux ? Voire…"

La deuxième : la rumeur localise ces hommes sauvages aux marches de l'empire, dans les monts du Pamir, les déserts du Turkestan, sur le plateau du Tibet, là où les peuples minoritaires entendent mal les ordres de Pékin, là où l'on se rebelle contre le centre, là où l'on tente désespérément d'échapper aux nuages du cratère.

La troisième : une forte récompense est promise à ceux qui mettront la main sur l'homme sauvage. Lisez, c'était donné par l'AFP :

11 août 1984.

"L'homme singe", version chinoise de l'"Abominable homme des neiges", fait ces jours-ci un retour en force dans la presse chinoise qui a annoncé le lancement d'une chasse à l'étrange créature dès cet automne.

Tout Chinois ayant capturé vivant le mystérieux primate recevra 10 000 yuans (environ 5 000 dollars), mais celui qui, moins chanceux, ne trouvera qu'un cadavre se verra quand même attribuer 5 000 yuans.

Enfin, s'il faut convaincre de l'importance idéologique de ce safari, voici une dernière pièce qui dit tout : c'est l'agence *Chine nouvelle* qui sonne l'hallali. Les hommes anciens sont aux abois.

PARIS

Des sauvages qui résistent au temps, à la sédentarisation, au chemin de fer, à la télévision, aux lois, aux Etats, aux idéologies et au marché : voilà des criminels que je veux embrasser avant qu'on les empale.

J'ai tout lu ou presque, rue de Lille. Fouillé la bibliothèque de l'Institut des langues orientales. Compulsé tous les récits datés des voyageurs d'antan, dans le plus grand désordre, au gré des trouvailles : ceux de Jean du Plan de Carpin, franciscain (1245-1246), F.S. Smythe, conquérant de l'Himalaya (1932), Sarat Chandra Das, géographe (1881), Samuel Turner, capitaine (1783), Susie Carson Rijnhart, évangéliste (1895-1899), Joseph Dalton Hooker, naturaliste (1854) et Nicolaï Prjevalski, officier (1880). Et d'autres encore. Tous racontent le Tibet et l'Asie centrale, les rencontres des hommes bêtes, du migö, du yéti ou de ses avatars, et la puissance des génies qui hantent ces montagnes.

J'irai moi aussi : là où les traces des sauvages sont encore fraîches il y a de l'espoir.

PÉKIN

Hôtel Qiao Yuan, au bord du canal Sud. A deux grands pas du Muséum d'histoire naturelle, près du jardin du Ciel.

Un tour en ville. Les gens, l'atmosphère ont changé. L'odeur aigre-douce du consumérisme au grand galop. Souvenirs de conversations de hasard, quelques semaines après le 4 juin 1989, et de dialogues nerveux chuchotés dans l'angle des murs, à l'abri des oreilles de la Sécurité publique, avec des jeunes gens aux yeux inquiets. Ainsi m'abordaient-ils :

— Tien An Men, Tien An Men... Il faut que les Occidentaux sachent ce qui s'est passé à Tien An Men... C'est terrible pour la démocratie et la liberté du monde entier.

— Qu'est-ce que vous appelez la démocratie et la liberté ? Donnez-moi un exemple...

— Le droit de créer sa propre entreprise...

Tien An Men justement, vous voulez une description ? Celle que vous n'avez pas vue lors du drame télévisé de ce 4 juin : d'un côté de la place, la Cité interdite, fascinant temple du secret et du sacré recyclé en attraction touristique ; en face : le mausolée de Mao, tombeau de pharaon ; plus loin, à droite, le premier fast-food du pays, américain : Kentucky Fried Chicken... Tien An Men ? Moitié chinoise, moitié amerloque. Chine amère et chineloque. Chine toc.

Moins d'uniformes de travail bleu ou vert, moins de casquettes Mao. Les filles ont arrêté de militer contre l'érotisme. Elles s'habillent enfin avec des vêtements de filles. L'œil des hommes brille. Vive la consommation !

Plus de magasins et de couleurs, plus de voitures individuelles. Hélas, moins de limousines Hongqi, de Shenzen noires et de Volga aux bouches chromées. Dommage. J'aimais bien les bagnoles d'apparat du socialisme réel, comme tout le décorum officiel, syncrétisme unique de pompes religieuses et d'exhibitions militaires. Socialisme, religion d'Etat. Grandiose et grandiloquente. A la casse maintenant. On veut des Mitsubishi, des Honda, des Volkswagen, du nippon et du teuton... La grande revanche des vaincus !

Plus d'Afghans et de Pakistanais (en "voyage d'affaires") et de touristes dans le secteur du Qiao Yuan. Des restaurants avec menus en anglais et rock'n'roll en cassette. Des clochards aux abords, qui poussent leur misère près de l'eau jaune du canal.

Un peu de marché noir. Le taux a chuté. En 1988, on obtenait 180 RMB, la monnaie du peuple pour 100 FEC, la monnaie des étrangers. Maintenant, on en tire à peine 109. Même en utilisant les flatteries, les sourires, les cris et la ruse. Oui, difficile d'être le plus fort au pays de Sun Tsu.

Entendu çà et là quelques *"Meyo !"* cinglants, de la bouche de vendeuses et de fonctionnaires de différents calibres. *Meyo !* = y'a pas ! Forme de réponse propre aux économies de pénurie. Signifie aussi "va te faire foutre" ou "laisse-moi dormir, imbécile" selon la hargne avec laquelle elle est aboyée.

Chaleur poisseuse. Bouche pâteuse. La ville en plein travail de mutation ou le décalage horaire ?

Visite en deux temps au professeur Zhou Guoxing, directeur adjoint du Muséum d'histoire naturelle. Il est accessoirement le correspondant en Chine de Bernard Heuvelmans, fondateur et héraut de la cryptozoologie, science des animaux cachés qui, de la banlieue parisienne capte et relaye les informations du monde sur l'homme sauvage. Il s'intéresse de près aux yerens ("hommes sauvages"), les yétis locaux.

Le Muséum, une bâtisse importante posée dans un angle du jardin du Ciel, était fermé. Un gardien m'a quand même conduit au bout d'un couloir sombre. Le professeur m'a accueilli en s'excusant. Il avait une réunion importante. "Revenez me voir cet après-midi."

Puisqu'ils ont fait celui de la bête, voici celui de l'homme : portrait-robot.

Nom : Zhou Guoxing. Cinquante-quatre ans. Allure générale : cheveux hérissés, moustache clairsemée, pantalon informe et chemisette en tulle sur maillot de corps. Parle un anglais haché et cherche ses mots. Très aimable, avec des yeux qui disent : "Vous êtes ici parce que je suis poli." Son bureau : une pièce obscure, coupée dans sa longueur par un mur de cartons, de caisses et d'archives. On dirait la chambre d'un étudiant trop assidu, concentré sur son seul travail. D'ailleurs, c'est aussi une chambre, puisqu'il y dort parfois sur un lit de fer étroit.

Après-midi. Retour au Muséum.
Zhou Guoxing n'a pas réprimé l'ironie d'un sourire lorsque je lui ai donné la raison de ma visite. Le yeren. Des amateurs lui écrivent du monde entier pour en savoir plus. Ça l'ennuie un peu. Ça l'amuse aussi, parfois, et quand il rit il gagne dix ans de moins.

Le professeur Zhou a suivi des études d'anthropologie physique à Shanghai, puis il a été chercheur à l'Institut de paléo-anthropologie de Pékin avant d'occuper son poste actuel.

Il a commencé à s'intéresser aux hommes sauvages lorsqu'il était étudiant. En ce temps, il y croyait "à 50 %", alors qu'on lui répétait que ce genre de lubies ne devait pas occuper la cervelle d'un scientifique conscient du sérieux de sa tâche. Il opposait que le sérieux du vrai scientifique consiste justement à analyser toutes les hypothèses. Aujourd'hui, il croit toujours à la justesse de ce principe, mais l'existence d'hommes sauvages a perdu 45 % de crédibilité à ses yeux. Néanmoins, à la moindre suspicion, il se dit prêt à repartir aux confins du pays pour confirmer ou infirmer le plus léger des indices.

Sous la plaque de verre de son vieux bureau, des photos : de lui, de lieux et de singes, découpées dans la presse, couleur et noir et blanc. Les placards entrouverts laissent apercevoir une abondante littérature sur l'homme des neiges et le *bigfoot*, son alter ego américain. Sur la table qui coince le lit, deux bustes : l'un est couvert d'un voile, l'autre représente le visage de l'homme de Yuanmou, le néandertalien chinois, reconstitué d'après les ossements trouvés dans les plissements montagneux du Yunnan, au nord de Kunming.

En 1977, Zhou Guoxing a lancé une expédition au fond des forêts du mont Shennongjia dans la province centrale du Hubei. Témoignages abondants mais résultats médiocres. Dans cette région semi-tropicale vivent une flore et une faune ancienne parmi laquelle le singe doré, un Rhinopithèque rarement rencontré.

— Le yeren ?

— Les gens croient voir un homme sauvage, alors qu'il ne s'agit que de ce singe au nez retroussé, ou parfois un ours-chien à gueule de canin. Ils disent n'importe quoi. La peur, le folklore et la rumeur font le reste.

Lors de cette expédition, des ruraux sont venus montrer aux chercheurs des cheveux de l'homme sauvage qu'ils décrivent ordinairement comme grand, fessu et couvert de longs poils roux.

— Mais ?...

— Mais plusieurs paysans possèdent des touffes de poils et les conservent depuis des générations. Elles sont artificiellement pigmentées et servaient autrefois à décorer les chapeaux d'apparat des dignitaires impériaux.

Il m'a montré ces poils, collés dans un cahier, comme nos herbiers d'enfant. Il en possède plusieurs pages. J'ai pu observer la décoloration qui apparaissait par endroits.

Pour Zhou, le yeren ne saurait survivre caché dans le Shennongjia. "Avec le nombre d'habitants qui vivent dans le secteur et ne cessent de déboiser, ce serait étonnant..." Et puis la bête est devenue une véritable affaire, trop enflée pour être honnête. Liu Minzhuang, un de ses étudiants qui l'accompagnait dans ces recherches, a fondé à Fangxian, près du Shennongjia, la Société d'étude des hommes sauvages de Chine. Cette société est à la source de nombreuses dépêches de presse troublantes. Mais voilà ce que m'en dit Zhou Guoxing : "Liu Minzhuang voyait des empreintes partout. Il faisait des moulages de tout et de n'importe quoi et ne cessait de crier à la découverte."

Alors ? Alors : soit Liu Minzhuang est fou au point de croire aux histoires qu'il s'invente, soit c'est un escroc qui trouve des subventions, abreuve les agences de presse nationales et internationales de nouvelles de son yeren, et espère ainsi gagner rapidement du galon dans la communauté scientifique.

Mais pourquoi diable Pékin, si prompt ailleurs à corriger les déviances, le laisserait-il ainsi faire ?

(Aller le voir.)

Bon : le professeur ne croit pas au yeren, pas plus qu'au yéti himalayen, et encore moins à la survivance d'hommes du Néandertal. Il croit en ce qu'il voit. Et, jusqu'à aujourd'hui, ce qu'il a vu l'a déçu. Il a ainsi analysé les mains poilues d'un être qu'en 1957 des paysans avaient capturé et démembré sur le mont Jiolang dans la province du Zhejiang. Il m'en a montré les photos et les moulages de plâtre rose : une taille de main d'enfant, à la paume courte et étroite et aux longs doigts d'adulte. "Lors de cette découverte, dit-il, tous les journaux ont parlé d'un homme sauvage. La vérité ne les intéressait pas. Ce n'est que la main d'une espèce de macaque."

En 1982, Zhou Guoxing n'était pas encore lassé de ses déceptions. Il a dirigé une expédition dans le Pamir chinois, en pays Tadjik. Il s'agissait cette fois de découvrir l'almas, le yéti d'Asie centrale. On lui avait indiqué un "village d'almas", près de Tashkurgan. Il s'y est rendu. Il ne s'agissait que d'ours, nombreux et peu farouches. Il m'a imité l'attitude crédule et apeurée des gens qui voient de très loin s'éloigner une forme bipède. Ah oui ! les gens disent vraiment n'importe quoi. Pauvre Zhou, obligé de cavaler après les rumeurs !

Et moi, que suis-je en train de faire ?

Reste quand même ces 5 % de doute. "Il y a cinq ans, des amis géographes ont trouvé des empreintes dans les monts désertiques de l'Altyn Tag à la limite du Xinjiang et du Qinghaï." Et puis, surtout, il y a cette autre empreinte dont il exhume le moulage d'une caisse poussiéreuse. Un pied, grand comme celui d'un adolescent (plus large), cassé en trois morceaux, il en a reconstitué le puzzle en plâtre blanc : voilà les 5 %.

Le ciel gris teinté de rouille laisse deviner qu'une tempête s'est levée sur le Gobi.

Journée à vélo et en sueur dans le quartier musulman et aux alentours du grand stupa bouddhique qui émerge au-dessus des petites maisons tassées derrière Fuchengmenwei. Deux îlots de résistance à l'achèvement de la ville. Jusqu'à quand ?

Acheté un billet pour Xian. Marché noir pour provision d'argent du peuple.

Itinéraire :

1. Mont du Shennongjia. (A quoi ressemblent Liu Minzhuang et le mont en question ? Eventuellement saluer le yeren avec l'aide d'un miracle.)
2. Haut plateau tibétain (le plus loin, le plus haut possible. Pour le plaisir).
3. Monts Kun Lun et Altyn (rose et noir).
4. Chaîne du Tien Chan (jamais mis les pieds).
5. Dépression de Dzoungarie *(idem)*.
6. Pamir du Tadjikistan chinois (impressionnant).
7. Népal (pour le yéti, le vrai, l'unique, celui que bouddhistes et hindouistes ne vendraient pas contre une prime. Ne serait-ce que pour ne pas gripper leur karma).

Inventaire :

1 brosse à dents/dentifrice.

2 chemises.

3 caleçons.

2 tee-shirts.

1 pantalon de rechange.

1 carte.

1 paquet de dépêches et de notes de lecture. (A trier au jour le jour, *in situ*, avant que tout ce papier ne pourrisse au fond du sac.)

1 reproduction du migö, annotée en tibétain, en chinois et en mongol, tirée du *Dictionnaire anatomique pour reconnaître différentes maladies*, ouvrage de médecine bouddhique d'un auteur tibétain du XVIIIe siècle, exhumé d'une bibliothèque de

Mongolie en 1958 par l'anthropologue tchèque E. Vlcek.

1 reproduction du portrait-robot du ksy-gyik de Dzoungarie, ou almas, le yéti d'Asie centrale, établi en 1914 par V. A. Khakhlov, jeune zoologiste de l'Académie des sciences de Saint-Pétersbourg.

1 Bible, pour l'autodéfense.

Départ demain matin pour Xian. Un jour et une nuit de train.

XIAN

Qui dit vrai ? Le professeur Zhou Guoxing ou son ancien disciple ?

AFP, 4 juin 1984.

[...] La presse chinoise a accordé au cours des dernières années une large place aux hommes-singes, affirmant que ceux-ci, recouverts de poils et mesurant plus de deux mètres, avaient été aperçus dans la forêt tropicale de Shennongjia, au Hubei, par de nombreux témoins dont plusieurs scientifiques.

D'autres articles ont fait état de la présence d'hommes-singes plus petits dans le Zhejiang (est) et dans le Yunnan (sud).

AFP, 9 juin 1984.

Une association d'étude et de recherches de l'homme-singe a été mise sur pied en Chine en 1981 afin de prouver scientifiquement l'existence de cette étrange créature [...].

Plusieurs expéditions scientifiques ont par ailleurs été lancées depuis la fin des années soixante-dix, notamment dans le Hubei, mais celles-ci n'ont jusqu'à présent pas permis de prouver l'existence des hommes-singes. Les seuls indices obtenus à ce jour par les scientifiques chinois sont des photos d'empreintes censées avoir été laissées par des hommes-singes, ainsi qu'une foule de témoignages difficilement contrôlables.

AFP, 11 août 1984.

[...] La chasse à l'"homme singe" sera lancée en octobre ou novembre dans trois provinces du centre et du sud de la Chine, le Hunan, le Guizhou et le Gangxi, et s'étendra l'an prochain à deux autres régions voisines, le Hubei et le Yunnan et gagnera ensuite le Tibet.

La presse chinoise publie périodiquement des témoignages de l'existence de ces créatures hybrides qui ont permis d'en tracer une sorte de "portrait-robot".

Selon ces témoignages, l'"homme-singe" est grand – près de deux mètres de haut – et fort. Son corps est recouvert de poils bruns ou gris pouvant atteindre douze centimètres de long.

Toujours selon ces témoignages, il se tient debout mais est moins agile qu'un être humain. Il a les yeux brillants et ses pieds mesurent trente-cinq centimètres de long.

[...] Son corps exhale une forte odeur d'ail et ses excréments sont plus importants que ceux d'un homme. Il est par ailleurs omnivore et n'hésite pas à lancer des pierres pour se défendre s'il est attaqué.

Départ demain matin, en autocar. (Gare de l'ouest.)

NANYANG

Voyage fatigant, bousculé. Pas le temps ni l'envie de faire du tourisme. Véhicules trop lents. Le Shennongjia se mérite. Il est tard. Ce soir, je crains une visite de la Sécurité publique. Toute la région de ce village est interdite aux étrangers. Si les aubergistes attendent demain pour prévenir la police de ma présence, j'aurai le temps de partir pour Shiyan. Et après-demain, le Shennongjia. Sinon imbroglio, amende, autocritique et expulsion de la région.

Photocopies humides du numéro 20 de *La Chine progresse*, publié par les éditions La Chine en construction, maison de propagande pour l'édification du monde.

Article de Liu Minzhuang, l'ex-collègue fourvoyé du professeur Zhou Guoxing. Extraits.

A propos des (vraies-fausses ?) empreintes :

Le Shennongjia se situe entre trois et quatre mille mètres d'altitude et couvre une superficie de quelques centaines de kilomètres carrés. Pour pénétrer au fond de la forêt, nous avons emprunté un sentier, au milieu d'un profond silence que n'habitaient même pas des cris d'oiseaux. Un épais tapis de feuilles mortes recouvrait notre chemin. Dans beaucoup de grottes, notre équipe d'enquête a trouvé des coques de noix sauvages très visiblement marquées de traces de dents. A l'entrée d'une grotte nous avons découvert l'empreinte d'un grand pied mesurant plus de trente centimètres. Tout au long de notre exploration, nous avons souvent entendu la population locale parler des manifestations des "hommes sauvages", mais la découverte, là, sous nos propres yeux, de cette empreinte, avivait encore plus l'intérêt de tous les membres de notre équipe.

Sur un vaste terrain plat, quelque part sur le cours supérieur de la rivière Yingu, nous avons trouvé des empreintes de grands pieds et des excréments.

A propos des poils vus chez le professeur :

Au cours de notre exploration, nous étions informés que Li Niancong, un montagnard, gardait des poils d'"homme sauvage" dans sa famille depuis cinq générations. Nous sommes allés chez lui. Il nous a montré une tresse de cheveux de couleur roux vif.

C'est le père de son arrière-grand-père, nommé Li Tanwen, qui aurait coupé ces cheveux sur la tête d'un "homme sauvage" qu'il avait abattu. Cette tresse comptait plus de trois mille cheveux. Elle était bien conservée. Chaque été, Li Tanwen l'exposait au soleil afin qu'elle ne moisisse pas. Je l'ai échangée contre ma montre. Après examen au microscope à notre Institut, l'expertise a établi que c'était des poils très proches de ceux des humains, mais non exactement semblables à ceux des primates supérieurs.

A Zushan et à Xingshan, au Shennongjia, nous avons récupéré aussi des cheveux semblables. Cela a constitué une percée dans notre exploration pour dévoiler le mystère des "hommes sauvages".

Suit une série de témoignages hallucinants :
"Il a lutté contre un «homme sauvage»."
"Un «homme sauvage» a voulu m'arracher mon fusil."
"La femme sauvage et son fils."

A propos de la main d'un banal macaque du Zhejiang dont m'a parlé le professeur :
Article de Chai Ruikang.
Titre : "Voyage d'étude sur les «hommes sauvages» dans le mont Jiulong au Zhejiang" (six pages).
Extraits :
Dans la région du mont Jiulang circulent des légendes sur les "hommes sauvages" ("hommes-ours", comme disent les autochtones).

[...] C'était à l'été de 1957 ; un jour, le bruit courut qu'on avait battu à mort un "ours" dans le village. Enseignant la biologie, le professeur Zhou s'intéressait beaucoup à l'"ours". A cette nouvelle, il s'est rendu le lendemain dans ce village avec l'intention de garder cet ours à titre de spécimen. Mais, chose imprévisible, l'"ours" avait déjà été mangé. Une femme d'âge moyen lui dit : "Il reste encore la tête, les mains et les pieds. Prenez-les si vous les voulez."

Cette femme a sorti d'abord la tête, qui était aussi grande qu'un bol, couverte de sang. Les yeux et le nez n'étaient plus distincts. Elle ne ressemblait absolument pas à la tête d'un animal, mais à celle d'un homme. Elle était encore couverte de poils noir-brun. Comme elle était cuite, le professeur Zhou n'en a pas voulu. Zhou a poursuivi : "J'ai vu encore un tas de poils brun-noir, le plus long avait cinq centimètres." Puis il a rapporté à l'école les mains et les pieds et les a conservés en spécimens, auxquels il n'a pu donner de nom dans l'ignorance même de cet animal.

Articles toxiques qui, entre les lignes, disent tous la même chose : l'homme sauvage n'apparaît que chez les sauvages. Civilisez-les, il disparaîtra.

SHIYAN
Débarqué ce soir. Trouvé, non sans mal, la cour où s'est garé un vieil autocar qui part demain pour Shennongjia. Chauffeur aimable. A accepté de me vendre un ticket sans faire d'histoires. Départ à 6 heures.

On me dévisage beaucoup. Cette ville est fermée aux étrangers, d'où légitime curiosité.

Logé dans une sorte de ferme, un relais pour les paysans en transit. Ils s'entassent tous dans un dortoir. Apartheid ou souci de mon bien-être, la tenancière m'a mis à l'écart dans une pièce sommaire : un lit de fer, une moustiquaire, quatre murs de pierre. La nuit est tombée, mais elle peut toujours prévenir la Sécurité publique. Toujours ce zèle légaliste, cette méfiance et cette peur des sanctions.

YICHANG
Expulsé !

De toute façon, sans autorisation ni permis, il ne me restait qu'à déguerpir. J'ai insisté. Il m'a promis des complications. Il m'a interdit de prendre l'autocar du Shennongjia et m'a pointé sur la carte la route exacte et directe qui file droit sur Yichang au bord du Yang-Tsé. Il m'a aussi prévenu de ne pas jouer au plus malin.

Dont acte : me voici à Yichang.

En attendant l'heure de mon départ, j'ai quand même passé la journée dans la forêt des montagnes voisines. A pied, pendant plusieurs heures, au cas où.

Vu quelques serpents mais pas de singe doré, encore moins de géant poilu.

L'homme sauvage, à vrai dire, c'était moi. En traversant un village de forêt, j'ai provoqué une stupeur telle que les gamins se sont enfuis à toutes jambes. Ils ont couru planquer leur frayeur derrière les portes des masures pour m'observer en toute sécurité.

Un bateau est attendu en fin d'après-midi. En trois jours, il doit remonter les gorges du fleuve jusqu'à Chongqing.

Je ne verrai pas le Shennongjia ni l'escroc qui y vit.

LANZHOU

Rien écrit de la semaine. Farniente sur le bateau (un rafiot). Ne pensais à rien. Me laissais porter sur l'eau, par les événements, comme ces cadavres, hommes et bêtes, que charrient souvent les flots lourds du grand fleuve. Le yéti, semble-t-il, est affaire de hasard et non d'enquête. Encore moins d'énergie. Doit apparaître quand on ne l'attend pas.

Ensuite trop de train. De secondes classes couchettes enfumées ou de banquettes dures des troisièmes, dans une crasse gluante, avec le prolétariat parqué, écrasé et maltraité. Transports collectifs, transports de troupes, transports de marchandises, transports de bêtes. A l'Est ou à l'Ouest, un homme au travail est un homme empaqueté et transporté pour son plus grand malheur. Pas dormi pendant trois jours-trois nuits. Ou si peu.

Nourriture de wagon : riz collant plus viande sans nom. Litres de thé clair. Bière (Tsing tao) et vodka locale. Les trains du Peuple pour le Peuple partent toujours à l'heure. Mais ils roulent si lentement. Eu tout le loisir de récupérer mon chinois basique. Quelques conversations sur le yeren avec mes voisins d'infortune. N'y croyaient pas pour la plupart. Ne comprenaient pas non plus pourquoi j'étais descendu dans ce "trou du Hubei". Pour eux, un trou est un endroit qui n'a jamais fait l'objet d'une carte postale.

Contraires du trou : la Grande Muraille, la Cité interdite, le Bund de Shanghai, les pains de sucre de Guilin, la tour Eiffel et l'Empire State Building.

Lanzhou : ville de chinois musulmans, les Hui. Capitale du Gansu. Cité laide et grise qui s'étire sur des kilomètres dans une vallée sèche. Poussière, chaleur. Excellentes nouilles sur les marchés. Le soir on s'ennuie ferme.

Quelques jours de repos, et je m'en irai vers le Tibet.

Je ne suis resté à Lusar qu'une semaine environ, pour régler les derniers préparatifs de départ. Pendant ce temps, un vieux lama de Rewang Gompa, à quelque cinq jours de voyage au sud de Lusar, s'est arrêté dans mon auberge alors qu'il revenait de Lhassa. Il me décrivit très graphiquement la traversée du Tibet et les attaques qu'il subit de petites troupes de brigands, les Goloks. A plusieurs reprises, dit-il, son groupe a rencontré des sauvages aux longs poils tombant en longues tresses autour d'eux comme des redingotes, nus, des êtres incapables de parler, à peine humains, qui jetèrent des pierres aux voyageurs, mais qui, n'ayant aucune adresse, ne purent leur faire grand mal. J'ai souvent entendu cette histoire de sauvages poilus racontée par des Tibétains lorsque j'étais à Pékin, et je manifestai l'intérêt de l'entendre à nouveau. D'après plusieurs choses qui arrivèrent plus tard durant mon voyage, je suis convaincu que cette histoire trouve son origine chez les voyageurs qui ont vu des ours se tenir debout. Dans le nord du Tibet, ces fauves sont nombreux et grands, et les gens qui ont la crainte permanente de croiser des brigands prennent les ours, probablement aperçus de loin, pour ces bandits. Cette illusion est encore renforcée par la vue des traces, spécialement celles des pattes postérieures qui ont quelque ressemblance avec celles d'hommes aux pieds nus.*

* William Woodwille Rockhill, *The Land of the Lamas. Notes of a Journey through China, Mongolia and Tibet*, 1891.

Figurez-vous une infinité de collines aux flancs doux, sans l'ombre d'arbres ; une piste de terre qui se perd à l'horizon vers un relief de rocs, aussi loin que porte le regard ; le silence ; un vent d'éther qui souffle dans l'herbe et qui vous soûle. La tête vous tourne.

Soudain un nuage voile le soleil.

Vous frissonnez :

C'est le Tibet.

WANGANTAN

Le Tibet commence à Wangantan. Inutile de chercher Wangantan sur les cartes : trop petit. Pour rejoindre ce village de torchis, il faut patienter huit heures au fond d'un autocar qui quitte Lanzhou à l'aube et menace d'expirer à chaque virage. Il faut grimper les collines de lœss et traverser les terres poussiéreuses des Hui. Il faut aussi s'arrêter à Linxia, une anomalie géographique où les hommes portent calots blancs et caftans noirs, où l'on croise des regards bleus, où résonne l'appel crépusculaire des muezzins. A Linxia vivent et commercent les descendants des marchands de Bagdad et de Perse qui tournent leurs prières vers La Mecque, à l'ouest.

J'entre donc au Tibet par le chemin des mosquées.

A Wangantan, deux mondes se touchent sans heurts. Les Hui occupent les petites maisons de torchis serrées dans les talwegs au pied des minarets. Les Tibétains habitent sur les pentes, dans de vastes fermes closes de murs qui offrent au regard leurs lumineuses façades de sapin. Ils élèvent, aux environs, des chortens blancs aux sommets dorés et des mâts où flottent les drapeaux à prières, pour que les vents portent les mantras sur les minéraux et les végétaux, sur les insectes et les animaux, et sur les hommes aussi.

La distinction des cultures passe encore par le vêtement. A l'austérité un peu rigide des Hui, les Tibétains répondent par une flamboyance de Bohémiens. Femmes et hommes portent les tchoubas, ces manteaux lourds et luisants de crasse, doublés de yaks et de mouton, dont ils n'enfilent souvent qu'une manche pour laisser l'autre flotter sur les reins comme le bras mou d'une poupée de chiffon. Les femmes se coiffent d'un feutre et pendent à leur cou des colliers d'ambre et de turquoise, et des chapelets à cent huit perles de bois, une pour chaque qualité de Bouddha. Elles sont belles, elles ont la peau sombre et les traits fins, et les dents capuchonnées d'or.

Les hommes piquent parfois leurs oreilles d'un anneau d'argent. Lorsqu'ils gardent les cheveux longs, ils les ordonnent en tresses ou en chignon. Ils se chaussent de bottes de feutre à la semelle de corde, de chaussures éculées ou de bottes de cuir aux talons hauts et biseautés.

Les enfants aux joues cramoisies laissent couler la morve de leur nez, et nul ne semble se soucier de la crasse qui les recouvre ni de leurs vêtements qui meurent en lambeaux. Comme ceux des petits Chinois, leurs pantalons sont fendus. Ils vont ainsi, le sexe et les fesses à l'air afin de pisser et de chier sans contrainte. Ils s'assoient dans la terre pour regarder passer les yaks.

XIAHE

Labrang Gompa, l'une des plus grandes lamasseries du Tibet. Une concentration de vastes temples aux murs rouges, d'écoles monastiques et de demeures paysannes qui s'étagent sur le flanc d'une montagne herbeuse, face au soleil. Des théories de moines et de nonnes en robes pourpres y font résonner les trompes et les cymbales. Les nomades de la région, les drukpas, y viennent nombreux, en pèlerinage ou pour affaires. Ils défilent dans la grand-rue en poussant leurs yaks, attachent leurs chevaux face aux boutiques, négocient le prix d'une selle, d'un couteau ou d'un bijou et s'en vont en famille tourner les rouleaux à prières qui, là encore, envoient dans leur rotation les invocations aux vents, aux dieux et aux montagnes.

UN ŒIL CRITIQUE

Xiahe s'avère devenir chaque jour une imposture. D'ailleurs ce nom chinois de Xiahe tend à remplacer sur les cartes les vieux noms tibétains de Labrang ou Tashikiel. Durant la révolution culturelle, les gardes rouges aux cerveaux rongés par la doctrine, le petit livre dans une main, la kalachnikov dans l'autre, ont rasé 60 % du monastère. De l'imposant palais réservé aux émissaires mongols et à leurs suites, on ne voit plus que trois murs qui s'effritent. Sur les décombres, ils ont tiré les moines comme du gibier, et enchaîné les lamas à l'arrière de gros camions qui sont partis en convois lents vers les bagnes obscurs qui poussent sur le haut plateau comme du chardon.

Des quatre mille moines de l'Amdo et de Mongolie que comptait Labrang du temps de sa splendeur, il n'en restait que cinq cents il y a dix ans. Depuis, mille de plus sont revenus. Deux des trois plus importants Bouddhas Vivants du gompa ont subi pendant dix-huit ans les affres des culs-de-basse-fosse chinois. On les a libérés dans les années quatre-vingt, et des fidèles m'ont assuré avec une rage impuissante qu'ils gardent encore aux poignets la marque des fers.

Le troisième vit toujours à Labrang, chargé des affaires du monastère. Il est issu d'une famille riche – on me le dit et j'ai vu sa Land Rover vadrouiller dans les collines – et les mauvaises langues sifflent qu'il n'est plus qu'un pion dans le jeu des autorités chinoises. Ainsi, malgré leur demande, il n'autorise pas les moines à apprendre l'anglais. (Je vois pourtant leur pressante envie de soustraire à l'étranger de passage une leçon expresse du langage international.)

Les langues de dragon disent aussi qu'il faut savoir se méfier. Les mouchards rôdent, et les moines ne sont pas autorisés à rencontrer les étrangers dans la privauté de leurs cellules. Le garde-chiourme qui veille à l'entrée de l'école bouddhique m'en a convaincu. Alors que trois moines m'y avaient invité, il m'en a sorti en rugissant. Il a fallu ruser et me glisser dans une brèche du mur avec la complicité de deux d'entre eux pour braver l'interdiction.

Cette anecdote mérite réflexion : qui fixe réellement les règles d'isolement des moines ? Si ce sont les Chinois, ils ont leurs raisons : les Tibétains et leurs communautés religieuses sont bien trop sensibles aux thèses indépendantistes pour qu'on laisse quelques étrangers incontrôlés attiser chez eux le feu de la résistance. Mais, Pékin le sait aussi, la meilleure façon de les ankyloser et de détruire la foi qui les anime, n'est-elle pas de les soumettre aux sirènes du libéralisme qui ont déjà séduit le reste du pays ? Qu'ils apprennent l'anglais, ils finiront bien par troquer leurs bonnets jaunes contre des casquettes de base-ball…

Si ce sont les autorités religieuses, elles ont aussi leurs raisons. Car, après avoir été forcés d'apprendre le chinois, de le parler et d'oublier leur langue maternelle, si les jeunes Tibétains se mettaient avec délice à lécher celle des Américains, le lamaïsme risquerait sa perte, tout comme l'Eglise catholique s'est mise en péril en noyant sa voix singulière dans la cacophonie anglo-pidgin, la langue du grand commerce : depuis qu'elle a perdu son latin, plus personne ne la comprend. Inaudible. Aphasique. Muette. Qui perd sa langue ne (se) nomme plus, ne (se) crée plus, n'existe plus. Radical. Elle ne pouvait de toute manière pas faire autrement, forcée d'embrasser à pleine bouche celle, doucereuse, des vainqueurs. La galoche du siècle, le baiser de la mort. Les lamaïstes aussi n'y couperont pas. Impossible. Les plus forts baisent toujours les plus faibles. Avec ou sans consentement.

LABRANG

La conquête de Labrang ne date pas de l'année dernière ni du maoïsme triomphant. Alexandra David-Neel qui se trouvait dans ces parages le constatait en février 1919 : *Les choses vont mal dans la région, les soldats ont brûlé plusieurs lamasseries dans le Sud et pillent celle de Lhabrang dont un grand nombre de lamas se sont enfuis. Il paraît que le général se propose d'attaquer une autre lamasserie proche d'ici et sur celle de Kum Bum les amendes pleuvent**...

Aujourd'hui, la sinisation de Labrang double sa tactique. Avec le bâton, la carotte. Depuis quelques années, la lamasserie reçoit des fonds et une assistance technique des Chinois pour sa restauration. En échange de quoi, la ville doit s'ouvrir aux colons Han et aux touristes. O superbe piège !

C'est mon second séjour à Labrang et déjà je peux mesurer les résultats de ce sinistre pacte. En une année, la ville chinoise a dévoré la vallée au pied du monastère. Les baraquements des colons et les petits immeubles ont poussé le long de la route en réfection. Des cinéastes de Hong Kong viennent désormais profiter de la concentration de moines en grande tenue et de décors authentiques pour tourner des films de kung-fu. Ce matin, je me trouvais devant un temple dans une foule de moines et de pèlerins lorsqu'un hurlement déchira l'air : "L'étranger ! Faites dégager l'étranger !" C'était de moi qu'il s'agissait. Un metteur

* Alexandra David-Neel, *Journal de voyage*, Plon, 1975 ; cité par Michel Jan dans son anthologie *Le Voyage en Asie centrale et au Tibet*, Robert Laffont, coll. Bouquins, 1992.

en scène *(oui, un metteur en scène, un réalisateur qui réalise)* et quelques-uns de ses cent trente assistants – pas moins – m'ont poussé hors du champ où apparaissait le héros, un piètre acteur juché sur un cheval tenu en laisse. C'était effondrant.

Quant aux touristes occidentaux qui viennent ici de plus en plus nombreux, certains se croient arrivés dans un nouveau Shangri-la qu'ils voudraient transformer en un Katmandou freak. Du freak au fric, il n'est question que de deux petites voyelles hypocrites qui ne s'avouent pas comme un "i" cynique et massif mais n'en disent pas moins. Les flics, eux, qui consonnent plus encore, ont depuis longtemps planté les bâtons de leurs lettres près des mâts de prières.

Logé dans une pièce à quatre lits de la caserne, que les soldats débonnaires sont heureux de me louer pour une somme modique, je n'ai donc pas à frayer avec ces quelques étrangers armés de Caméscope qui ont investi les auberges.

Le monastère a été construit en 1709 par Eangzongzhe, Bouddha vivant venu du gompa de Gandia, trente kilomètres plus à l'ouest. Par son importance, la place est devenue l'une des six lamasseries majeures de la secte Gelukpa, la secte réformatrice dite des "bonnets jaunes", dominante dans le lamaïsme. Aujourd'hui, Labrang abrite encore cinq instituts : celui du bouddhisme ésotérique, les Instituts supérieur et inférieur de théologie, l'Institut de médecine et l'Institut de droit. En 1985 un incendie a ravagé l'Institut du bouddhisme ésotérique et ses inestimables richesses. Le feu était dû à une défaillance du système électrique.

Logique. Pour les sortir de l'obscurantisme (eux, ces lamas supérieurs qui savent depuis plus de deux mille cinq cents ans que l'homme n'est autre qu'un tube digestif… Quelle prétention !) on leur a fermement conseillé de s'équiper de l'électricité. Las, elle ne leur a fourni qu'une lumière fausse et artificielle et, c'était à prévoir, elle a incendié mille tonnes et autant d'années de leur savoir. Le complot des électrificateurs visait à leur faire oublier que seul le jour chasse la nuit et que seul le feu perce les ténèbres. Avec candeur, ils sont tombés dans le panneau. Voilà ce qui est arrivé. Ils préfèrent dorénavant avec sagesse en revenir à l'usage plus certain de la lampe à beurre.

LE MIGÖ ET LE MYTHE FONDATEUR

(Avec les lumières de Rolf A. Stein*)

Il y a fort longtemps, Chenrésig, un singe précieux, prononça ses vœux bouddhistes devant le bodhisattva Avalokiteśvara, Le Seigneur-qui-Regarde-Tout-Avec Compassion. Ce dernier l'envoya méditer au Tibet où aucun être humain ne vivait alors. Dans sa retraite solitaire, une femme vint le harceler pour le séduire. Certains disent qu'elle n'était autre que Tara, Celle-Qui-Sauve, déguisée en démone pour masquer sa pureté. Gêné par tant de sollicitation, Chenrésig s'envola vers Avalokiteśvara pour lui demander conseil. Ce dernier lui répondit qu'il était temps de peupler le Tibet et l'autorisa à s'accoupler avec la démone. Six êtres naquirent de cette union, issus des six modes de réincarnation : celui des dieux, des titans, des hommes, des animaux, des esprits et des êtres infernaux.

Pour faire vivre sa famille, Chenrésig les conduisit dans la forêt. Mais, après trois années de prolifération, il se comptait cinq cents singes qui ne trouvèrent plus à se nourrir des fruits des bois. Pour remédier à la situation, Avalokiteśvara grimpa sur le mont Meru, le centre du monde, et en rapporta cinq sortes de céréales et les plantes du Tibet. Lorsque les singes s'en nourrirent, ils perdirent leurs queues et leurs pelages et se mirent à parler : ils devinrent des hommes.

On dit parfois que Chenrésig était Avalokiteśvara lui-même. On dit aussi que les premiers Tibétains ressemblaient au croisement du singe et de la démone. De leur père, ils avaient le visage rouge et le corps couvert de poils, par leur mère ils n'avaient pas de

* Rolf A. Stein, *Les Tribus anciennes des marches sino-tibétaines*, PUF, 1961.

queue mais aimaient le goût de la viande. Ils avaient hérité des vertus paternelles, la foi, la sagesse, l'ardeur et la bonté, et des traits maternels, la force physique, le courage et le plaisir de tuer.

Il était donc logique que les premières tribus tibétaines s'appelassent *migö*, "petits hommes". Un mot qui dériverait du chinois *mi-heou* "singes de l'espèce des mi", "homme-singe" qui désignait alors les K'iang anciens, une tribu primitive des marches sino-tibétaines qui revendiquait aussi un ancêtre singe.

Il est aussi logique que la tête de Chenrésig soit mise à prix. Pensez : le mythe fondateur, le Grand Ancêtre du plus rebelle des peuples, rien que ça ! Pékin paierait cher pour en ridiculiser la dépouille…

Ce n'est pas Chenrésig que je m'attendais à voir aujourd'hui, mais il s'en est fallu de peu. Un pèlerin venu d'Aba, une petite ville du Kham, avec qui je déjeune parfois dans la gargotte d'un Hui, m'a affirmé qu'un migö vivait dans un enclos du monastère. Nous avons laissé là nos bols de nouilles pour aller voir de plus près de quoi il retournait. En chemin, nous avons rencontré un moine de ma connaissance et lui avons demandé quelques précisions. "Ah oui, se souvint-il, il y avait bien un singe attaché, mais il est mort l'an dernier."

L'an dernier c'était un jeune ours pleurant au bout d'une chaîne que j'avais vu.

L'homme d'Aba m'a néanmoins expliqué que dans sa région, il n'existe pas de migö (il prononce "mignreu"), mais qu'il en vit ailleurs au Tibet, et aussi en Inde. Il y est allé deux ans auparavant pour voir le dalaï-lama à Dharamsala, sa capitale d'exil.

Le migö et le dalaï-lama. Vus de Pékin, assurément une association de malfaiteurs.

Tenzing, un commerçant de la rue, connaît l'Inde lui aussi. Il y est né, de parents réfugiés, et a décidé de retourner sur la terre de ses ançêtres après une année d'études à Londres. Dans sa tendre jeunesse (il n'a que trente ans) on lui a souvent parlé du migö. "Il vit près de Lhassa et au Népal, dans les forêts profondes du Khumbu. Quand le migö est *une* migö, elle s'attaque aux femmes, mais elle ne tue pas les hommes. Au contraire, elle ne leur veut que du bien. Elle les enlève pour leur faire l'amour. Un migö mâle, lui, s'intéressera aux jeunes filles. Quoi qu'il en soit, les migös sont toujours forts et dangereux, et mieux vaut ne pas chercher à les rencontrer..."

Après-midi avec Dobden, jeune professeur à l'école tibétaine. Il enseigne aux fils de nomades et de fermiers. Ses pensionnaires, des Goloks farouches et indépendants descendus de leurs prairies, ont quelques difficultés à s'adapter à la discipline de l'établissement clos de murs. Alors, certains fomentent des bagarres et organisent des rackets. Des couteaux circulent dans les dortoirs, ainsi que ces poids d'acier oblongs attachés au bout d'une lanière de cuir dont les cavaliers se servent pour attraper les yaks en pleine course ou pour se défendre des chiens errants du haut plateau. En avril dernier, un élève a été suriné. Un racketteur mal tombé sur une victime experte à manier la lame.

Nous avons pique-niqué. Pique-niquer signifie ici engloutir des litres de bière sur les collines voisines. Consciencieusement picolé donc, en compagnie d'un troisième larron, un débauché notoire, le fils d'un modeste fermier. Il a un oncle d'Amérique – vivant dans l'Illinois du commerce des pierres précieuses – qui aide sa famille restée au pays. Le neveu de Xiahe profite donc de ces mannes pour achever ses soirées au bordel. Car il y a un bordel à Xiahe, clandestin bien sûr, où officient pas moins de six filles, des Tibétaines et des musulmanes de Lanzhou.

Près du bosquet où nous avons vidé nos bouteilles, de curieuses plantes à bulbes. En avril, trois trafiquants de drogue ont été arrêtés ici. La bande comptait un Chinois, un Tibétain et un Hui. Un melting-pot à l'image de Xiahe.

Pour Dobden, si migö il y a, il faut le chercher du côté de Detchen dans le Yunnan tibétain. Il sait aussi qu'on entend parfois ses cris près de Lhassa, et que la légende raconte que les hommes aventureux se réunissent parfois pour pousser ces mêmes cris et l'attirer…

L'homme est une bête. Soit. Mais plutôt ours ou plutôt singe ?

Dans *Where the Gods Are Mountains. Three Years among the People of the Himalayas**, l'ethnologue René von Nebesky-Wojkowitz essaie de s'y retrouver : "L'ours brun himalayen qui laisse ses empreintes dans la neige, bénéficie d'un statut à part, puisque les Tibétains l'appellent *midre* (homme-ours). Il est aussi parfois appelé *kang mi* (homme des glaciers), tout comme l'homme-singe qui prend localement différents noms chez les Tibétains : *mi chempo* – «grand homme», *mi bompo* – «homme fort»."

L'explorateur indien Kinshen Singh note à la fin du siècle dernier la présence de midre dans la région, sur le chemin qui relie Lhassa à Xining : …*Le demo (l'ours brun) : de ce dernier, il existe une espèce très féroce, dont les pieds ressemblent à ceux de l'homme, appelée midre. Il marche souvent debout et attaque les humains qu'il voit***.

W. W. Rockhill, citant le récit d'un géographe : *Dans ce rapport, il relate une rencontre avec un homme sauvage, mais je pense qu'il a vu un ours.*

*Une vieille Mongole qui vivait au nord du Shaithang nous prévint de revenir à nos tentes avant le soir, parce qu'un demo (ours brun) venait de commettre de grands ravages dans les parages. Nous n'avons pas rencontré d'ours, mais le fils de la vieille femme qui nous accompagnait un moment nous pointa un homme sauvage, sur un piton à environ deux miles, qui venait vers nous. Mais quand il nous aperçut, il rebroussa chemin****.

* René von Nebesky-Wojkowitz, *Where the Gods are Mountains. Three Years among the People of the Himalayas*, Weidenfeld & Nicolson, 1956.

** Kinshen Singh, *Records of the Survey of India.*

*** W.W. Rockhill, *The Land of the Lamas. Notes of a Journey Through China, Mongolia and Tibet.*, *op. cit.*

Migö, mirgod, mignreu, midre, mide.
Mildiou microbe migrant migraine micmac.

De l'usage du migö à des fins sinistres :
Nebesky-Wojkowitz a retrouvé une mention du migö dans un vieux manuscrit appartenant à un magicien de l'ancienne religion Bön, prélamaïste, qui survit encore au Tibet. Ce livre décrivait une divinité démoniaque vêtue d'une peau d'homme des neiges qui servait aussi à la préparation de ses potions magiques.

Recette : – sang de chien ;
– racines toxiques ;
– moelle ;
– sang de migö.

(Attention ! Pour obtenir ce dernier ingrédient il est expressément recommandé que l'homme des neiges soit tué avec une flèche ou transpercé avec une épée.)

Un texte étrange de Guillaume de Rubrouck, franciscain en périple asiatique (1253-1255) : *Un jour était assis près de moi un prêtre du Cathay, vêtu d'un tissu rouge de la plus belle couleur ; je lui demandai d'où provenait une telle couleur. Il me raconta que dans les régions orientales du Cathay se trouvent des roches élevées où habitent certaines créatures qui ont en tout la forme humaine, sauf qu'elles ne plient point les genoux, mais marchent en sautant je ne sais comment, et qu'elles ne sont pas plus hautes qu'une coudée ; leur petit corps est tout revêtu de poils et elles habitent des cavernes inaccessibles. Ceux qui leur font la chasse avancent en portant de la cervoise, qu'ils peuvent rendre très enivrante, et font dans les rochers des creux en forme de coupes qu'ils remplissent de cette cervoise. En effet, le Cathay n'a point encore de vin, mais ils commencent à planter des vignes ; cependant ils font une boisson de riz.*

Donc les chasseurs se cachent, les animaux sortent de leurs cavernes, goûtent la boisson et crient "chin ! chin !" cri d'où leur est venu leur nom, car on les appelle chinchin. Ils se rassemblent très nombreux et boivent la cervoise, s'enivrent et s'endorment sur place. Les chasseurs arrivent alors pour leur lier pieds et mains pendant leur sommeil. Ensuite ils leur ouvrent une veine du cou et en tirent trois ou quatre gouttes de sang à chacun, puis les laissent aller librement ; et ce sang, à ce qu'il me dit, est très précieux pour teindre les étoffes de pourpre.

Il me racontait également comme vrai, mais je n'y crois pas, qu'au-delà du Cathay se trouve une province où, quel que soit l'âge d'un homme au moment où il entre, il garde toujours cet âge...*

Malheureux chinchins. Heureux Rubrouck qui ne croyait pas à la jeunesse éternelle.

Parti il y a trois jours en fin de matinée, à pied, vers le petit monastère de Gandia. Une marche lente, d'altitude, hors piste. La sérénité des vallons herbeux et déserts n'est troublée que par une inquiétude : celle d'être flairé par des chiens, des molosses sauvages qui attaquent pour tuer et qui effraient même les nomades. En cas d'agression, pas de secours : on ne distingue au loin, très loin sur l'horizon, que les points blancs d'un camp de tentes.

Soleil sans pitié.

Arrêté avant la nuit dans une ferme posée au creux d'un talweg. Une grande agitation y régnait. Des cavaliers allaient et venaient chargés de sacs d'orge, et quelques moines sous une tente attenante invoquaient dans les graves le nom du dalaï-lama.

J'y fus fort bien reçu, par des Goloks à la peau noire. A lire Henri d'Ollone qui guida une mission sur les confins du haut plateau au début du siècle, ils n'ont pas changé. *Certes, le soleil, assez chaud en été, y est pour quelque chose, le vent glacé pour bien davantage, car rien ne hâle plus fortement, mais ce teint de*

* Guillaume de Robrouck, *Voyage dans l'Empire mongol (1253-1255)*, traduit et commenté par Claude-Claire et René Kappler, Payot, 1985.

Nigritien provient surtout d'une couche de corpuscules solidement incrustés.

N'allez pas croire cependant, sur la foi d'auteurs qui n'ont vu – ou senti – que des sédentaires, que le parfum de ces nomades impressionne fâcheusement ; ne croyez pas surtout qu'ils paraissent malpropres ! Non point. L'air vif dans lequel, par en haut et par en bas, leur corps est continuellement baigné, se charge d'en emporter l'odeur ; et la crasse, pénétrant dans les pores de la peau, s'incorporant à elle, n'apparaît plus comme une matière étrangère dont la présence incongrue mérite l'expulsion : non, elle fait partie intégrante du tissu, et elle ne semble plus qu'une patine vigoureuse et de grand effet.*

On ne saurait mieux dire que d'Ollone, sinon préciser que le peu de combustible que fournissent ces terres – la bouse de yak séchée et parfois du charbon – limite le chauffage de l'eau au remplissage d'une théière plutôt qu'à celui d'une baignoire. Il faut ajouter aussi que les couches de crasse accumulées sur la peau sont autant de couches d'expérience, et qu'on ne se débarrasse pas ici de l'expérience avec du savon, hors de quelques bains rituels dans les rivières glacées.

C'est donc le visage couvert d'expérience que j'ai passé la nuit sous une pelisse de yak, dans la grande pièce de la ferme, en compagnie d'un lama qui murmurait ses soutras et d'un vieillard caustique et décharné qui tournait sans arrêt un moulin à prières planté au bout d'un grand bâton.

Le religieux m'a radicalement soigné d'un mal de ventre persistant en me faisant avaler une petite bille noire composée de végétaux, et le fermier m'a rassasié de tsampa, la motte de beurre de yak malaxée avec de la poudre d'orge, la nourriture de base des Tibétains.

Leur ai montré l'image du migö. Ils ont acquiescé sans m'en dire plus.

* Henri d'Ollone, *Les Derniers Barbares*, Ernest Leroux, 1911, réédition You-Feng, 1988 ; cité par Michel Jan dans *Le Voyage en Asie centrale et au Tibet, op. cit.*

Le lendemain j'étais à Gandia, un alignement de petites baraques dans le néant où passent quelques pasteurs et leurs bêtes. J'y ai dormi une nuit dans une turne incroyablement sale où filtraient tous les vents glacés de la steppe.

Le matin je me suis rendu au petit monastère, à cheval cette fois-ci, sur la monture d'un Golok solitaire qui faisait transhumer ses moutons.

Le gompa est accroché au pied d'une falaise percée de grottes. L'actuel dalaï-lama, natif de la région, vint, paraît-il, y méditer dans sa jeunesse.

Je n'y suis resté qu'une journée et une nuit, dans l'habitation d'un jeune moine pauvre qui se conduisait en caïd. Il ne se faisait respecter des moinillons crasseux qui le servaient qu'à coups de gifles et d'humiliations.

Atmosphère de maison de redressement.

Parti à l'aube, en douce, alors que toute la communauté était réunie dans le temple.

Ce n'est pas, surtout pas, parce que tout est vain qu'il faut faire pleurer les enfants. C'est même exactement le contraire. L'abolition du désir devrait à tous rendre le sourire.

A propos des Goloks de la région :

Ils ont longtemps traîné une réputation de vrais sauvages. De primitifs ?

William Woodville Rockhill dans son *Diary of a journey through Mongolia and Tibet in 1891 and 1892* relate un dîner avec Lu Ming-yang, lieutenant chinois : *Il avait stationné trois ans à Lhassa et environ quinze ans dans d'autres localités du Tibet ; et, puisqu'il était fin observateur, il avait beaucoup à raconter. En parlant des tribus sauvages du nord du pays Horba, il m'assura que l'on trouvait des hommes primitifs sauvages au Tibet. Il y a quelques années, il y eut un feu de forêt sur le flanc du mont Ka-lo, à l'est de Kanzé et les flammes poussèrent un bon nombre d'hommes sauvages hors des bois. Il les a vus. Ils étaient très poilus, leur langue était incompréhensible pour les Tibétains et ils portaient des vêtements faits de peaux. Il pensait qu'ils étaient de la même race que les Goloks, dont beaucoup vivaient dans des grottes et dans un état de profonde sauvagerie.*

Du fond de la grotte, toujours ce même œil qui nous regarde. Sans cesse.

Quel drame se jouera bientôt
Quand s'en iront les Fils du Ciel,
Hordes qui pissèrent leur fiel
Sur le sol pur du haut plateau ?

Salauds las de Lhassa sali
Sifflant le chant des Shanghaiens
Cantique du culte païen
Scie des sangsues, sanie, la lie

Des sirènes de Chicago
Ces couplets entonnés largo
Par les hommes pleins d'ivresse

Joli rigodon sans remords
L'aurore est une promesse
Oh oui ! dansons au bal des morts !

Quand commerce et capital
Y imposeront leurs matons
TV, normes ISO, Benneton,
Voie rectale, plaisir fatal

Quand l'œil noir du panopticon
(Mot d'ordre : united colors !
Masoch, Moloch, le sang et l'or)
Le soumettra au goût des cons

"Couleurs unies couleur unique"
Couleuvres colombins coliques !
Quand le grand Tibet s'ouvrira

Un hypermarché fleurira
Que cent milliards dollars s'épanouissent
Tuons, violons, pillons : Qu'enfin on jouisse !

Pardonnez cet accès d'acné en sonnets mirlitonnés, la fièvre sans doute. Mais j'ai des raisons : là-haut, pendu au plafond du monde, du sommet de ces étages supérieurs où je me suis juché, je ne distingue que trop clairement le complot qui se trame. Oh, cette fois, les Chinois de la Chine basse n'y sont pour rien ou presque. La menace vient de Wall Street, de tous les Wall Street, ces rues murées épais, bétonnées armé, forteresses imprenables. PéKin, fût-ce avec un K de force majeure, n'est que paillote au regard des bunkers du marché. De leurs meurtrières s'échappe une terrible idéologie qui nous chatouille les narines comme un gaz agréable et parfumé, hilarant parfois, enivrant toujours, asphyxiant sûrement, mortel certain. Pour y résister, il faut se pincer le nez et avancer masqué.

Ces dernières années, puisque l'effondrement du bloc adverse, le sinistre système moscoutaire, ne lui permet plus de justifier ses attaques franches et frontales, l'armée libérale gagne du terrain avec un arsenal d'arguments qui flattent les confortables paradis de l'hypocrisie. Ainsi ses généraux sussurent à leurs relais, journalistes, écrivains, publicitaires, plumitifs, intellectuels et artistes de calibres variés, à tout ce que l'Occident compte de porte-voix de son maître, conscients ou inconscients de l'être, cons aux ordres en tout cas, de se composer une mine de circonstance et de crier haut et fort dans les micros complaisamment offerts : "Trop de peuples, de nations, de classes, d'individus, de sexes sont encore oppressés, sous-développés, englués dans leurs traditions, manipulés par leurs imams, soumis à d'infâmes dictateurs, aveuglés par leurs tchadors, mal habillés, fumeurs de brunes, sans filtre, privés de liberté et de démocratie. Levons-nous pour les défendre ! Sauvons ces malheureux de leurs enfers ! (et nous gagnerons notre paradis)."

Ce qu'il n'est pas si difficile de traduire ainsi : "Tout peuple, nation, classe ou individu qui n'a pas encore acheté les biens que nous leur proposons est prié de consommer comme tout le monde et de passer à la caisse pour régler le montant de ses achats. Nous ne prenons plus les chèques en raison des escroqueries, nous possédons des détecteurs de faux billets et toutes les cartes de crédit sont acceptées au-dessus de cent francs."

Nous disions donc que si l'occupation chinoise, militaire, policière, administrative et économique prenait fin un jour, le Tibet pourrait à l'instar du Bouthan, royaume frère, fermer ses portes à la conquête libérale, d'où qu'elle vienne, est ou ouest. J'entends d'ici, de cette simple maison de pierres que j'occupe, les litanies scandalisées et suspicieuses :

"Un Etat qui ferme ses frontières est un Etat louche, la proie d'un dictateur qui veut y massacrer son peuple en toute discrétion."

Le clergé bouddhiste, massacrer le peuple ? Allons donc !

"Et même si l'on n'y massacre pas le peuple, un Etat ne saurait d'aucune façon vivre en autarcie. L'autarcie est sclérosante, mortifère. Une nation, pour se revivifier et survivre, a besoin de sang neuf et d'échanges culturels, économiques, humains. Bien qu'isolé sur ses hauteurs, le Tibet commerçait avec les musulmans du Cachemire, négociait avec les Chinois... Avant de fleurir dans ces montagnes sous les bonnets lamaïstes, le bouddhisme n'a-t-il pas été importé d'Inde ?"

Je le concède, l'ouverture n'est pas, en soi, néfaste. Mais aujourd'hui, de quels échanges s'agirait-il ? Aucun échange ne sera jamais équitable. Le supermarché mondial exigera du Tibet qu'il achète dans ses rayons, mais jamais il ne se fournira dans ceux du Tibet. Qui veut d'une lampe à beurre, d'un rosaire d'os, d'une tchouba, de tsampa, de cornes de gazelles des hauts plateaux de poils de yaks et de moulins à prières ?

(Les Afghans, eux, rétifs à devenir les dociles clients du Prisunic occidental, ont trouvé en réplique quoi nous vendre : de l'héroïne. Manière radicale de ne pas être les bernés de ce marché de dupes. D'où l'effroyable réputation d'incurables sauvages, ingrats de surcroît – ne les a-t-on pas aidés à se libérer du joug socialiste soviétique ? – qu'on leur accole. Inadmissible : il n'y a pas plus doux qu'un Pashtoun au repos...)

Mais à quoi bon se lamenter ? Car je sais d'ici, de cette pièce sans radio ni téléphone ni fil, câbles ou chaînes d'aucune sorte que demain, après-demain, en place des lotus, les paraboles des satellites s'épanouiront aux balcons des facades de bois du Kham et de l'Amdo, de l'Ü et du Tsang. CNN, Ted Turner et les réseaux informatiques y prêcheront les sermons du marché et finiront dans le sucre l'épouvantable normalisation que le fascisme chinois n'aura su achever dans le sang. Après le culte de Mao, celui de la consommation. D'une religion l'autre, d'une prison l'autre. L'éternel balancier déréglé : c'est un Sade qu'il nous manque pour faire voler les poids en éclats.

Et quand les hommes sauvages du haut plateau ne seront plus qu'un souvenir amusant, trouverai-je encore arbre à me pendre en paix ?

TONGREN

Retour vers la grande ville, en trois jours, dans des autocars approximatifs. Routes de forêts, troupeaux de chevaux et convois de prisonniers. La région possède quelques bagnes où il ne fait pas bon croupir.

A Tongren s'élève une grande lamasserie. La ville, fortement sinisée, est si nouvellement autorisée à recevoir des étrangers que ses habitants n'en ont presque jamais vu.

J'y ai pourtant rencontré Mark Stevenson, un jeune anthropologue australien marié à une Chinoise de Chengdu. Il se penche à Tongren sur le statut social des peintres. Il fut un temps où ils enluminaient ici les thankas de coton et formaient une école spécifique de la peinture tibétaine. Aujourd'hui il ne se trouve que quelques vieux lamas et d'anciens moines qui transmettent leur savoir à leurs fils. Encore faut-il comprendre qui est fils de qui, tant les unions et les progénitures illégitimes semblent courantes. Mark Stevenson n'en finit pas de se perdre dans le canevas compliqué des amours et des fornications de Tongren.

Vu aussi le moine Caza, trente-cinq ans, une pelle à la main. Il construit sa maison près du monastère. Avons pris le thé et le temps de faire connaissance. Selon lui, pas de migö à Tongren. Par contre, il y a cent ans, ils avaient dans le coin une femme cannibale qui s'attaquait aux enfants. Miam.

XINING

Que restera-t-il de la capitale du Qinghaï dans dix ans ? Probablement aucune des vieilles bâtisses de torchis que les terrassiers s'activent à détruire. Sur les décombres, ils montent à grande vitesse des blocs de béton gris et rectangulaires percés de fenêtres qui définiront en ces lieux la conception chinoise du modernisme.

Autrefois caravanes de chameaux, de yaks et de chevaux, marchands des oasis, pasteurs des steppes, cavaliers mongols, émissaires du Tibet et fonctionnaires de Chine s'y croisaient. Ici se relayaient les rumeurs du monde barbare et les décrets de l'empire du Milieu.

Je n'aime pas cette ville et c'est pourtant la troisième fois que je m'y trouve. Sans doute parce qu'elle est un inévitable carrefour sur la piste du Far West. Peut-être aussi par masochisme. Pour mériter le migö.

Xining est devenue monstrueuse. Après la Révolution, on y poussa les forçats, contre-révolutionnaires et droit commun, condamnés à la peupler et à la développer autour d'usines grises qui crachent de mauvaises fumées.

Le Chinois ne choisit pas d'aller vivre à Xining : il y est proscrit dans la poussière des chantiers. Il y souffre les hivers aigus et la compagnie des Hui qui tiennent le commerce des rues et psalmodient le Coran. On compte dans la ville un vaste bagne ceint de murs et une grande mosquée, celle de la Porte de l'Est, bâtie à la fin du XIVe siècle. On y remarque aussi des moines en transit vers Golmud et Lhassa, et des bouchers qui tranchent la gorge des moutons le long d'une rivière sale. En somme, Xining est une véritable punition pour le colon chinois exilé loin de la modernité clinquante et mercantile de Shanghai et Canton.

A moins d'une heure de la punition, en grimpant un palier supplémentaire du haut plateau, s'élève la lamasserie de Taer, jadis l'une des plus importantes du monde tibétain, connue sous le nom de Khumbum.

Régis-Evariste Huc, missionnaire lazariste et marcheur d'Orient, s'y rendit en 1845 et en livra une heureuse description dans ses *Souvenirs d'un voyage dans la Tartarie et au Tibet* :

Sa position offre à la vue un aspect vraiment enchanteur. Qu'on se figure une montagne coupée par un large et profond ravin, d'où sortent de grands arbres incessamment peuplés de corbeaux, de pies et de corneilles au bec jaune. Des deux côtés du ravin, et sur les flancs de la montagne, s'élèvent en amphithéâtre les blanches habitations des lamas, toutes de grandeurs différentes, toutes entourées d'un mur de clôture, et surmontées d'un petit belvédère. Parmi ces modestes demeures, dont la propreté et la blancheur font toute la richesse, on voit surgir çà et là de nombreux temples bouddhiques aux toits dorés, étincelants de mille couleurs, et environnés d'élégants péristyles. […] Ce qui frappe pourtant le plus, c'est de voir circuler, dans les nombreuses rues de la lamasserie, tout un peuple de lamas revêtus d'habits rouges et coiffés d'une mitre jaune. Leur démarche est ordinairement grave ; le silence ne leur est pas prescrit ; cependant ils parlent peu, et toujours à voix basse. On ne rencontre beaucoup de monde qu'aux heures fixées pour l'entrée ou la sortie des écoles et des prières générales…

Aujourd'hui, visiter Khumbum un dimanche constitue une sorte d'exploit. Des centaines de Chinois désœuvrés prennent d'assaut les bus qui s'y rendent. Ils envahissent les pavillons provisoirement désertés par les moines et les pèlerins tibétains avec plus de férocité dans la conquête que n'en montrèrent autrefois les Barbares de l'ouest chevauchant vers la Chine.

On les dirait mus par un sombre désir de vengeance.

Ils vont et viennent en familles et en groupes bruyants, posent pour les photographes devant des décors de carton-pâte, se déguisent de costumes indigènes en fourrure synthétique, se coiffent de bonnets à poils de nylon façon Tartare d'opérette et grimacent des moues martiales juchés sur des chevaux dociles et mous, tenus en courtes brides par des palefreniers patients. C'est ainsi qu'ils caricaturent les Tibétains qui vivent aux abords du monastère et qu'ils finiront par en réduire la culture à l'état de ridicule folklore. Une vengeance, vraiment.

A l'intérieur des temples, pis encore. Ils touchent les lampes et les ciboires, les reliquaires et les tambours de crâne, les flûtes d'os et les thankas, avec la considération du brocanteur qui ne veut pas se faire vendre du cuivre pour de l'or et du coton pour de la soie.

Les Chinois Han n'ont plus de religion. Alors ils jouent comme des enfants impies avec les objets du culte frappés de sanscrit qu'ils ne comprennent pas. Ils ne savent pas qu'en tournant les rouleaux à prières dans le sens contraire de la course de la terre, ils accumulent la mauvaise fortune. A chaque mauvaise rotation du cylindre, ils accumulent. Un tour, deux tours, encore un autre... ils accumulent tant et si bien que tout cela finira mal...

Dans cette foule mécréante, Suoyang et Ma Fu Liang m'ont offert leur compagnie. Le premier est tibétain, natif de Yushu, une bourgade au sud extrême de la province. Il a vingt-deux ans, les traits féminins, une voix d'enfant et porte un gros reliquaire d'argent sur la poitrine. Il exerce le métier voyageur de marchand de grains. Le second est un ami de son père, Ma Fu Liang, un Hui à la longue barbe filandreuse et au sourire édenté qui cache sa calvitie sous un chapeau de paille et promène sa petite-fille avec toute la conscience et l'amour d'un grand-père chinois.

En arrêt devant Bouddha, Suoyang priait avec courage. Il s'élançait de tout son long sur les parquets usés et murmurait aux divinités. Les touristes chinois l'entouraient et se baissaient avec lui pour ne rien perdre de ses gestes, pour les commenter, pour en ricaner parfois. Suoyang étalé sur le ventre, les bras en croix, les ignorait ; le musulman Ma Fu Liang s'en irritait avec soupirs. Les anciens sectataires de Mao, frais convertis au culte du dollar, moquaient sans vergogne Bouddha et Allah.

Ma Fu Liang est un urbain. Quand il ne prend pas la main de sa petite-fille pour la conduire dans les parcs, il garde les locaux d'une entreprise. C'est la rumeur qui lui a colporté l'existence des hommes sauvages dans les montagnes du Qinghaï, mais lui n'y croit guère et n'en sait pas plus. Suoyang, habitué des longues traversées du haut plateau, a montré plus d'embarras. La question devint presque gênante tant la réponse semblait difficile. Il m'a dit timidement :

— A Zhiduo, Duocai et Zaduo, au sud de la province, des gens ont vu des migös… Moi, je ne peux pas les décrire, je ne les ai jamais rencontrés…

— A Zhiduo, Duocai et Zaduo ?

— Oui… Zhiduo, Duocai, Zaduo…

En rentrant à Xining, nous avons fait un tour au zoo municipal. Dans des cages étroites tournaient des loups pelés. Ils voisinaient sans humeur avec des chiens, des bassets chanceux que la captivité protège des casseroles de ragoût. Les félins et les ours dormaient dans des grottes de béton et refusaient d'en sortir. Un chameau placide ruminait dans la cage marquée de l'écriteau "yak sauvage". Les singes traînaient une misère de chiffonniers dans une poubelle à barreaux, sous la houlette fatiguée d'un chef babouin à la patte amputée. Ils supportaient avec apathie les cris des visiteurs, les restes de graillon et les monceaux d'ordures que leur balançaient les promeneurs.

Et, dans un périmètre de fer rouillé et de ciment écorché est apparu, debout, accroché aux barres, le yeren. L'"homme sauvage" qui fait courir tous les paysans du Shennongjia : le grand singe doré.

Rhinopithecus roxellanæ.

Affreux.

Une tête de chien avec un regard d'homme.

Il est grand temps de descendre vers le sud et de remonter vers les hauteurs du Tibet.

HALTE SUR LA ROUTE DE MADUO

L'autocar, une caisse et quatre roues, est plein, dessus et dedans, de Han, de Hui et de Tibétains. Plus un Taiwanais, Yi, qui s'est installé à côté du Français. Deux jours pleins et lents pour couvrir les quatre cent cinquante kilomètres qui nous séparent de Maduo, crottin de chèvre sur l'Amdo.

Le plateau du Qinghaï s'élève en paliers cassés par les montagnes. Selon la montre altimètre de mon voisin de Taïpei, nous avons démarré de Xining à 2 300 mètres et franchi la première marche à 3 520 mètres, le col du Pavillon du Soleil et de la Lune.

Nuit à Heka, l'une de ces étapes construites de trois baraquements surgis du néant dans une prairie que seuls traversent les yaks et les nomades. (Et les loups, et les marmottes, et les ours et les léopards des neiges peut-être. Mais, les migös ?)

Tout à l'heure, au col d'Erla, l'altimètre ne répondait plus. L'engin *made in* Taiwan coince au-dessus de 4 000 mètres.

Assis devant moi, Ma Chen Liang, le calot blanc des mahométans, une chemise raidie par la crasse et toute la poussière des pistes du haut plateau sur le visage. Il a quarante-trois ans et récolte des herbes médicinales qu'il s'en va vendre au fin fond de la province. Il a très envie d'entamer une conversation avec le premier étranger jamais rencontré. Puisque Yi s'exprime quelque peu en anglais, je le commets d'office à l'emploi de traducteur.

— *So, Ma Chen Liang, have you heard anything about the wildmen in this area?*

Yi traduit.

— Oui, dit-il, les *withemen* existent par ici, Ma Chen Liang a bien entendu parler d'hommes blancs. Il y en avait à Yushu, avant la guerre, qui entraînaient l'armée. Il y avait même des Noirs. Aujourd'hui, il y en aurait encore au monastère de Yushu. Ce sont leurs descendants, mais ils sont vêtus commes des drukpas…

— Mais, Yi, ce sont les *wildmen* que je cherche, pas les *whitemen*…

Yi s'excuse d'avoir confondu sauvage et blanc.

— Alors, ces *wildmen*, monsieur Ma Chen Liang ?

— Il faut les chercher en pays Khampa, du côté de Jomda. Et puis aussi entre Baqing et Suo, au nord de l'Ü Tsang, et plus près de Lhassa, vers Gongbo Ghyamba…

MADUO

Altitude 4 700 mètres. Une bourgade où s'arrêtent les camions, une petite caserne où survit une maigre garnison, quinze, vingt hommes ennuyés, des baraquements alignés, des gargotes de Hui où flotte le drapeau vert de l'islam, une prison, grande, avec des murs hauts et épais, un village tibétain de torchis qui se tient naturellement à l'écart, et les méandres tranquilles du fleuve Jaune qui s'étalent en marécages, sa source nord n'est pas trop loin, vers le soleil couchant.

Un parti de Tibétains déjà soûls qui m'a invité à boire. Ils braillaient au bonheur de parader devant un étranger, ils cognaient sur les tables, l'un a brisé une vitre, les autres clients se sont enfuis, le patron m'a maudit d'avoir franchi son seuil.

La fonctionnaire qui gère les baraques où descendent les voyageurs est une vraie fonctionnaire chinoise. C'est dire qu'elle porte un uniforme improvisé, une casquette de guingois et qu'elle exige d'être obéie au doigt et à l'œil. Elle a décidé tout à l'heure qu'elle ne me donnerait pas de lit pour la nuit car je suis étranger.

Or le règlement ne prévoit pas le cas des étrangers. Elle m'a donc envoyé paître d'un ton rogue. Un jeune Chinois qui craignait de me voir périr dans un univers d'incompréhension a présenté sa petite carte d'identité rouge et m'a inscrit sous son nom. Sur le registre, le Blanc est devenu Jaune et la tenancière n'y a vu qu'un noir d'encre.

Il faut croire que les fonctionnaires de Maduo aiment créer des problèmes bureaucratiques proportionnels à leur isolement et à leur ennui. Manière sans doute de compenser la malédiction du sort qui les a jetés et abandonnés à l'hostilité du haut plateau. J'en tiens pour preuve l'étonnant accueil qu'ils m'y firent lors de mon précédent séjour.

Les policiers locaux, plus qu'intrigués par ma présence, m'avaient alors longuement interrogé.

La jeune épouse d'un soldat de la garnison, venue de Shanghai pour enseigner ici dans la petite école des enfants tibétains, devait servir d'interprète. Mais elle parlait un anglais si pauvre avec un accent si fort que nous nous étions résolus à conduire l'essentiel de l'entretien par écrit, avec des mots et des formes simples, afin qu'elle les retrouvât dans son dictionnaire.

Le policier écrivait ses questions, j'écrivais mes réponses et nous nous interrompions pour des commentaires en chinois, en gesticulations, en volapük.

— Vous être américain ?

— Non moi être français.

— Vous avoir permis pour Maduo ?

— Non, permis pas nécessaire.

— Si, permis nécessaire parce que pas d'étrangers à Maduo.

— Police de Xining dire permis pas nécessaire.

— Police de Xining pas connaître Maduo.

— Vous pas connaître police de Xining.

— Vous quoi faire à Maduo ?

— Moi vouloir aller à la source du fleuve Jaune.

— Source du fleuve Jaune très haut dans la montagne, très froid, très difficile… Vous avoir des enfants ?

— Non.
— Vous avoir quel âge ?
— Vingt-huit ans.
— Et vous pas avoir d'enfants ? Pourquoi ?
— Célibataire.
— Célibataire ? Pourquoi ?
— Et vous avoir enfants ?
— Bien sûr, une fille.
— Votre fille être à Maduo ?
— Non, ma fille être à Xian. Vous avoir été à Xian ?
— Oui.
— Xian très beau ?
— Oui, Xian très beau.
— Vous avoir été à Pékin ?
— Oui.
— A Canton ?
— Oui.
— A Shanghai ?
— Oui.
— A Nanjing ?
— Non.
— Vous aller à Nanjing. Nanjing très beau.
— D'accord, moi irai à Nanjing.
— Vous être très riche ?
— Non.
— Vous gagner combien par mois ?
— Ça dépend. Moi businessman. Quelquefois gagner argent, quelquefois perdre.
— Policier américain gagner combien par mois ?
— Pas savoir.
— Vous pas américain ?
— Non, moi français. Paris.
— Tour Eiffel ?
— Tour Eiffel.
— Catrine ?
— … ?
— Catrine Dineuf.
— Catherine Deneuve.
— Alan ?
— Delon ?

— Alan Dilon.

— …

— Vous avoir permis pour Maduo ?

L'heure du déjeuner força la fin de la conversation. Ils s'en montrèrent vraiment satisfaits et m'assurèrent qu'ils mettraient tout en œuvre pour trouver un camion ou un cheval qui m'emmènerait vers les sources du fleuve Jaune. Ils étaient sincèrement heureux de pouvoir servir un businessman américain qui connaissait si bien leur pays et Catrine Dineuf.

"Revenez bientôt nous voir à Maduo !"

J'y suis. Rien n'a changé.

Dans la cambuse froide, à la lumière hésitante d'une pauvre ampoule, discussion avec Wuong, jeune artiste peintre chinois, natif de Yushu, fils de colons Han. Yi traduisait. Il a une nouvelle fois commis la même confusion.

Wuong : "Il y avait un lama blanc, aux cheveux clairs qui vivait dans un temple de Yushu. J'y ai même vu apparaître il y a quelques années des hommes au physique caucasien vêtus avec le pourpre des moines."

On cherche les *wildmen* et on retrouve les *whitemen*… C'est à se demander si les deux mots ne sont pas de purs synonymes. L'homme sauvage serait-il blanc ?

D'abord cette remarque d'Alexandra David-Neel dans le *Voyage d'une Parisienne à Lhassa* :

Rien de plus horrible, au point de vue de l'esthétique des Tibétains que des yeux bleus ou gris et ce qu'ils appellent des "cheveux gris", c'est-à-dire des cheveux blonds.

Je dois être insupportable à voir.

Et puis celle-ci, de George Bogle, jeune Ecossais envoyé en 1774 à la cour du Tashi Lama de Lhassa par les Britanniques en appétit de conquête. Il assiste, au mois de février, aux cérémonies du Nouvel An : les moines masqués de têtes d'animaux dansent pour se libérer des derniers démons de l'année finissante. L'un d'eux, qui porte le masque du taureau, dessine sur du papier une silhouette grandeur nature et la jette au bûcher. *On me dit que c'était une image du démon,* note Bogle. *Une chose est certaine, c'est qu'il était représenté avec des traits réguliers. Je n'ai pu m'empêcher de trouver qu'il ressemblait beaucoup à un Européen**...

Enfin, cette incantation pleine de prémonition entendue au Tibet que retranscrit L. Austine Waddell dans son traité *The Buddhism of Tibet, or Lamaism*, publié à Londres en 1895. En ce temps-là, l'écho de la révolution industrielle occidentale retentissait déjà au bout de l'Asie. Comme les coups de tonnerre accompagnent l'orage, le vacarme des forges de ce XIXe siècle annonçait pour le monde entier la nouvelle ère du fer. Ce fer qui allait nous rester planté dans le flanc et qui pourrait bien ferrer la dernière âme tibétaine.

C'est le Fer qui veut la mort des arbres
Et le Fer on le trouve aussi dans l'Occident lointain
Car dans l'Occident sont les démons
Qui offensent toute vie et blessent les corps et ravagent les [âmes
Leur maître à tous est un diable
Et il séjourne avec eux aux régions occidentales
Le diable, c'est l'homme blanc.

VERS YUSHU

Halte, pour pisser. Des drukpas montés en cours de route me regardent avec insistance, si curieux de me voir écrire. Etre une énigme pour les autres est toujours un plaisir. J'en joue.

La route devient de terre et grimpe un étage supplémentaire du plateau tibétain. Le col du Bayankarla culmine à 5 200 mètres mais la rareté de l'oxygène

* Clements R. Markham, *Narratives of the Mission of George Bogle to Tibet and of the Journey of Thomas Manning,* Trübner and C°, Londres, 1876.

n'empêche pas les fumeurs chinois de pomper leur tabac brun et les buveurs tibétains de liquider leurs flacons pleins.

A droite, à gauche, devant, à l'infini s'étend une prairie rebondie de vallons verts, sans la silhouette d'un arbre, bornée au loin par la cassure des montagnes. Seules quelques tentes brunes de drukpas d'où monte la fumée légère des foyers signalent la présence incompréhensible d'humains en peaux de bêtes. Des drapeaux à prières, les lungtas, les chevaux du souffle, y flottent aux vents, accrochés aux cordages. Il y aurait donc aussi des dieux.

Autour des camps paissent des yaks à la toison d'hiver gardés par des chiens à gueule d'ours. Parfois, au pas d'une tente isolée, apparaît une femme ou un enfant en guenilles, salement seuls, divinement seuls. Et sur les lieues longues comme des heures, lorsque l'on n'aperçoit plus ni troupeaux ni cavaliers, l'herbe appartient aux gazelles irréelles qui bondissent entre les flaques glacées où s'abandonnent les rivières perdues, la terre aux marmottes minières et foreuses, le ciel aux aigles silencieux, et l'univers aux génies.

En remerciement, au sommet de chaque col si péniblement gravi, le chauffeur lâche des poignées de petits papiers imprimés de motifs bouddhiques et quelques passagers crient de victoire, de joie, d'effarement, je ne sais, d'approcher ainsi le domaine des dieux.

YUSHU

Peu avant Yushu, la piste s'est stabilisée en descendant vers la vallée du Long Fleuve. Les montagnes s'escarpent et autorisent sur leurs flancs la poussée de conifères sombres. Le Long Fleuve n'est encore ici qu'une grosse rivière qui charrie des eaux jaunes et agitées. Plus tard, ailleurs, en Chine, elle deviendra le Yang Tsé.

Yushu dans un crépuscule hâtif. Demain, paraît-il, s'ouvrent les festivités qui célèbrent le quarantième anniversaire de la fondation de la commune. Faut-il préciser qu'il s'agit plutôt de fêter la création maoïste et chinoise de l'unité administrative de Yushu : car le bourg n'a pas attendu l'aval colonial de Pékin pour exister. Autrefois il s'appelait Gyé-rgoun-do, et c'est dans ces parages que Dutreuil de Rhins, chef d'une mission orientaliste sur le haut plateau, fut tué le 5 juin 1894. A l'époque Yushu était tibétain et nul ne pouvait s'y risquer en conquistador s'il craignait les fusils et les balles.

Des passagers m'ont prévenu que je ne trouverai nul lit à l'auberge. De toute façon, je ne souhaitais pas m'y rendre, puisque Yushu est inclus dans cette immense partie du Qinghaï tibétain interdit aux étrangers. L'aubergiste ne manquerait pas de m'envoyer la police. Wuong, le jeune peintre, m'a offert son hospitalité, ainsi qu'à Yi. Nous partagerons donc une planche de bois en guise de lit, dans l'un de ces baraquements de briques crépies que les colons Han font pousser dans les déserts et les vallées des marches du Milieu.

Quelques mots des occupants de ce deux-pièces cuisine sans eau (elle est pompée d'un puits commun aux baraques et les toilettes sont collectives) : le locataire légal est le frère de Wuong, un fonctionnaire chinois de la ville féru de l'art populaire tibétain. Il aurait voulu être peintre, artiste professionnel comme son cadet. D'ailleurs il peint. Des scènes pastorales qui figurent des yaks sous des cieux sombres, des temples, des pèlerins figés avec leurs rouleaux à prières. Il a accroché sur les murs lépreux des crânes de yaks et des bois gravés de soutras.

Avec Wuong ont débarqué Suo, une jeune femme fraîchement sortie des Beaux-Arts de Pékin qui vient pour quelques semaines chercher l'inspiration en terre tibétaine, et Matthew, son fiancé, un Australien qui étudie le chinois et l'éducation physique à Pékin.

A cette troupe il faut ajouter Yi de Taiwan, vingt-sept ans, une barbe naissante, un treillis et des photos de sa fiancée dans ses poches, son sac, son portefeuille et son miroir. Celui-là mérite plus longue description. En temps de paix, il exerce le doux métier de professeur de littérature chinoise dans un collège de jeunes filles de Taïpei. Un métier de rêve : la littérature, la calligraphie, les jeunes filles…

En temps de guerre, il devient hooligan en Chine populaire. Yi effectue son second séjour dans la mère patrie, et il entend cette fois se rendre à Lhassa malgré les interdictions. Pour franchir les contrôles, il a décidé de se faire passer pour citoyen de la République populaire en se composant quelques identités à l'usage de la police. Tantôt il est pékinois, tantôt de Xining, parfois du Sichuan. Il peut même le prouver : dans son portefeuille il conserve un certificat parfaitement imité d'une unité de travail de Xining. Mais si on lui demande sa carte d'identité, il prétend l'avoir perdue.

Yi est un pied nickelé qui aurait dû naître chinois de Fuzhou, sur la côte. Ses parents y vivaient jusqu'en 1948, lorsqu'ils décidèrent de partir à Taiwan pour y rechercher un frère disparu dans les soubresauts de la guerre. La Révolution les empêcha de retourner à Fuzhou. Ils restèrent à Taïpei et y conçurent quinze ans plus tard un petit faussaire.

S'il faut trouver le plus petit dénominateur commun aux membres de cette bande hétéroclite, il se définirait par l'intérêt sincère que tous portent à la culture tibétaine. Remarquable… Si rare chez les Han, d'ordinaire si prompts à mépriser les minorités de leur empire comme le veut la loi universelle du vainqueur.

Il est tard. Dormir.

Un matin pluvieux et frais, magnifique.

Ils sont tous venus, Goloks et Khampas, pasteurs, fermiers et marchands. De Xiewu, de Chamdo, de Zaduo, de nulle part, à des centaines de kilomètres de vallées escarpées et de pistes meurtrières, de l'Amdo, du Kham, de l'Ü et du Tsang, les trois provinces qui forment le cœur du grand Tibet, à cheval et en camions. Ils ont mis leurs plus beaux vêtements et accroché leurs bijoux les plus précieux. On les évalue : cinq mille, dix mille, trente mille yuans. Autant de francs français. Les femmes enveloppées de tchoubas de soie piquées de fils d'or se toisent en douceur. Elles admirent avec une élégante jalousie leurs tresses fines et beurrées, alourdies de poings d'ambre, semées d'agates et de turquoises, leurs boucles d'argent et leurs bracelets massifs. Henri d'Ollone, admiratif, n'hésitait pas : il les comparait aux *indomptables compagnes des Cimbres et des Teutons**.

Les hommes sont en chapeaux, feutre et fourrure rousse, renard et loups-cerviers, en manteaux de toile, de yak et de mouton brodés d'abstractions géométriques. Ils ont passé leurs pantalons dans des bottes du meilleur cuir et habillé leurs chevaux de tapis chamarrés et de selles ciselées. Leurs ceintures retiennent des épées d'argent et sur une fesse pend un couteau de grand prix.

Dans la grand-rue un fracas de sabots a annoncé la cavalerie des Khampas. Ils ont galopé en hordes hurlantes vers l'immense camp de tentes installé à la sortie du bourg. Ne faillissent pas à leur image. Au Tibet, les Khampas ont toujours gardé la réputation de guerriers et de bandits anarchistes. Jusqu'en 1974, ils formaient encore les derniers bataillons de la résistance tibétaine aux armées chinoises. Ils sont toujours là, sauvages, souples et orgueilleux, les nattes retenues sur le cou par des anneaux de cornes et des broches d'argent, et le fusil dans le dos, long, fin comme une lance, terminé d'une double baïonnette courbe.

Dans cette parade d'un autre âge, j'ai l'air misérable.

Au-delà des dernières maisons de torchis, le spectacle du camp est saisissant. Une vallée très large et très verte, une vallée d'herbe sans arbre, plantée de

* Henri d'Ollone, *Les Derniers Barbares, op. cit.*

trois cents tentes blanches liserées de bleu, dressées de chaque côté d'une rivière étroite et légère sous un ciel profond.

Ces demeures parlent pour leurs propriétaires. Il y a les tentes des bergers sans fortune, basses et rugueuses, en feutre brun ; celles des associations anarchistes de la cavalerie khampa, ouvertes aux vents, vastes et sans meubles, on y dort la nuque sur la selle et le fusil à portée de bras. La communauté de Zaduo est venue en renfort. Ils sont cent ou presque sous une tente très haute, à six côtés. Ceux de Ziduo possèdent la même à deux pas. Les plus riches le font savoir. Ils roulent les pans de leurs entrées pour jouir du soleil et montrer leurs intérieurs : les coffres sculptés où s'amoncellent les plats de friandises et de biscuits, les lits simples et raides, les tapis épais et, parfois, l'énorme radiocassette. Les cuisines se tiennent dans des petites tentes voisines d'où filent des fumerolles.

Et puis il y a celles des moines et des lamas, descendus du gompa de la colline et des monastères environnants. On y prie et on y chante dans la pénombre des thankas et des étendards de soie, à la lumière flottante des lampes à beurre, sous les tranquilles auspices de bouddhas paisibles et dorés.

L'anniversaire de Yushu se fête aussi en une vaste kermesse. Les Hui tiennent les tentes où les Tibétains viennent avaler des bouillons de nouilles et abuser de bière et d'arak ; les nomades commercent les bêtes ; les femmes troquent turquoises, ambre et argent ; les hommes devisent, et les enfants cuivrés et crasseux s'ébattent d'un bout du champ à l'autre.

L'Administration chinoise, elle, fait de la politique. Dans un pré clôturé, elle a exposé des photos et des dessins qui retracent les glorieux épisodes de la libération et des banderoles de slogans qui honorent la pensée de Mao. Elle en profite aussi pour parfaire l'éducation sanitaire des masses. Que soient récurés les têtes et les corps.

Une affreuse exposition sur l'hygiène montre, photos et gros plans à l'appui, les ravages de l'herpès, des anus sanglants, des seins chancrés et des pénis boursouflés qui meurent en grappes de boutons rouges. Curieux, elle n'attire pas tant de spectateurs. L'habitude sans doute dans un pays dont la plupart des dispensaires affichent ces images sur leurs murs tavelés. Pendez-les aux cimaises de nos musées, elles ameuteraient nos foules scandalisées.

Les festivités se sont ouvertes tout à l'heure, sur un vaste terre-plein, face à une tribune réservée aux autorités. Un homme a enflammé un grand bûcher et la foule s'y est pressée. La police a éclairci le désordre en frappant du ceinturon, en hurlant et, efficace, en envoyant les brefs grésillements de matraques électriques. Les haut-parleurs crachaient des discours qui s'évanouissaient dans la plaine et une troupe de soldats synchronisés s'est rangée pour exécuter d'impeccables katas ponctués de cris de guerre.

Après cette démonstration de la force chinoise se sont succédé les délégations tibétaines, en ordre derrière leurs oriflammes, et les moines en grande tenue, mitres jaunes et robes brodées d'or.

Puis il y a eu les danses profanes, pour rire et perpétuer la vie, des hommes et des femmes en lignes qui s'avançaient face à face d'un pas lourd, qui se repoussaient et se rejoignaient. Il y a eu aussi celles des dieux, des succubes et des incubes qui peuplent la montagne et les cieux. Celles des lamas et des novices masqués de la gueule somptueuse des animaux. Ils mimaient avec style des joutes flamboyantes et finissaient immanquablement par traverser le Styx vers des mondes obscurs lorsque entraient dans la ronde des chamans aux rosaires d'os. Alors plus un murmure ne courait sur la foule. Les paysans béats et effrayés semblaient s'en remettre aux génies et aux démons, à la raison des trompes qui soufflent grave, des cuivres aigres qui y répondent et des tambours qui cognent la poitrine et frappent aux entrailles, à la musique et à la geste qui ouvrent un précipice et fouillent loin vers le cœur des hommes et de la terre.

Effroyablement humain.

Ce matin, les Khampas ont tenu à prouver toute leur habileté guerrière à ceux qui en doutaient encore. Les fusiliers lancés au grand galop ont descendu des cibles en glapissant, échevelés et fiers comme une bande d'Apaches à l'attaque de fort Alamo.

Et puis, la police m'est tombée dessus. Il fallait s'y attendre. Comment rester discret dans cette foire ? J'en suis une attraction. Paysans, nomades, moines viennent me voir et m'entourent de leur intérêt et de leurs sollicitations. Ils veulent me parler, me regarder, me toucher, se renseigner, et, pourquoi pas, essayer de me fourguer quelque objet de corne et d'argent.

Je somnolais sous une tente, vaincu par la chaleur. Au réveil – bouffi – j'ai trouvé, debout à mon chevet, un Tibétain et une Chinoise en uniforme de la Sécurité publique. Entrés là par hasard. Ils n'en revenaient pas de trouver un étranger sous ces toiles. Ils m'ont confisqué mon passeport et ont tenté un interrogatoire en chinois. Yi de Taiwan qui passait justement par là m'a vu en fâcheuse posture et s'est imposé comme interprète. Il a décliné sans faillir l'une de ses fausses identités et s'est employé à noyer le poisson.

Questions-réponses :

— Où habitez-vous ?

— Dans le village.

— A l'auberge ?

— Non, l'auberge est pleine.

— Alors, chez qui ?

— Je ne sais pas.

— Vous ne savez pas chez qui vous habitez ?

— Non, je ne connais pas leurs noms. Des Chinois que j'ai rencontrés entre Xining et Yushu.

— Très bien, vous allez nous conduire chez eux, tout de suite.

J'ai senti l'orage s'avancer. (Comprenez : je ne pouvais trahir ceux qui m'avaient offert leur hospitalité illégale, je n'en savais pas la sanction.) J'ai joué les idiots, puisque l'idiotie est pardonnable :

— C'est-à-dire que… que je ne peux pas vous y conduire… je n'y suis allé que de nuit, accompagné… jamais je ne retrouverai l'endroit…

Yushu ne compte que deux rues.

Méfiants et lassés, ils m'ont convoqué pour demain 8 heures, au bureau de la Sécurité publique.

Sauvé pour la nuit.

Les ennuis commencent. Après un conciliabule dans la turne de Wuong, il a été décidé que Suo me servira d'interprète. Wuong et son frère ont aussi demandé au Taiwanais de se faire minuscule pendant quelque temps pour ne pas aggraver notre cas.

Interrogatoire, toute la matinée : Qui êtes-vous ? Que venez-vous chercher ici ? Ne savez-vous pas que Yushu est interdit aux étrangers ? Vous êtes en situation illégale, je vais vous condamner…

C'est *mister* Wang qui mène la danse. Un Chinois de haute taille, qui me perce d'un regard scalpel et allume une cigarette avec le mégot de l'autre.

Il a d'abord prétendu ne pas savoir parler l'anglais. Alors, tandis qu'il posait ses questions, j'en construisais les réponses alambiquées avec Suo, afin de ne trahir personne. Nous pensions qu'ils ne comprenaient pas nos conversations de menteurs.

Mais la fin de l'entretien nous a fait l'effet d'une douche froide. Après trois heures de questions serrées et de réponses soigneusement élaborées, Mr Wang m'a interpellé en anglais ! Un anglais de chez Berlitz, sans faute, parfait, superbement ironique. Il m'a roulé dans la farine de riz.

Voilà ce qu'il résulte de la propagation mondiale de l'anglo-américain : plus moyen de cacher quoi que ce soit. On s'écoute de Quito à Vladivostok *via* Yushu. La transparence totale. La fin du secret !

Je suis de nouveau convoqué demain.

J'ai affaire à une sorte de Fu Manchu décidé à ne pas lâcher sa proie blanche. Impossible de décamper en douce, il a gardé mes papiers. Dorénavant, je sens – je sais – que mes moindres faits et gestes seront épiés et rapportés à Mr Wang. Drôle d'impression, presque rassurante, apaisante.

Après-midi plus tranquille. L'histoire que m'a livrée Badin a mis ma paranoïa entre parenthèses. Badin, dix-huit ans, Tibétain de Yushu, privilégié puisqu'il étudie à Xining, allongé dans l'herbe entre les piquets de sa tente, près du ruisseau. "Il y a longtemps, un homme sauvage, énorme, poilu comme un singe, vivait dans la montagne. Il surprenait les hommes, leur jetait des rochers, les attrapait et les dévorait. C'était terrifiant. Mais un jour, un esprit est descendu du ciel et a changé la montagne en un pic effilé et toujours enneigé. L'homme sauvage se trouva bloqué à son sommet et, de là-haut, il ne put plus atteindre les autres hommes. C'est comme ça qu'on a été délivré. On appelle désormais cette montagne "Gonje", la montagne de neige. Regarde : on la voit d'ici, derrière toi, au nord…"

J'ai vu le Gonje avant la nuit et je suis descendu au village.

Discussion inquiète avec mes logeurs. Craignent une descente de police nocturne. Ils préfèrent que j'aille dormir ailleurs, dans une autre turne.

Soit.

Incapable de situer le baraquement où j'ai passé la nuit.

Matinée dans le bureau de Mr Wang. Toujours les mêmes questions, pour me mettre en train. Sous sa dictée, j'ai dû rédiger mon autocritique. J'ai admis noir sur blanc deux délits : celui d'être entré illégalement en ville et celui de ne pas m'être spontanément présenté à la police. (Pour le satisfaire, j'aurais volontiers avoué bien d'autres crimes aussi bénins.)

Mr Wang a joué de toutes les ruses. Il voulait m'entendre donner des noms que j'ignorais. Il m'a pressé d'interrogations. Parfois il organisait un semblant de détente, m'offrait du thé et des cigarettes. Me parlait de lui. Voilà seize ans qu'il a été muté de Xining à Yushu. Il y a rencontré sa femme, fonctionnaire des Postes. Mais elle a été remutée à Xining, alors il ne peut la voir, elle et leurs deux enfants, que moins d'un mois par an. La vie est dure mais il ne faut pas se plaindre. D'ailleurs ça ne sert à rien de se plaindre, n'est-ce pas ? Personne ne vous écoutera...

Mr Wang m'appelle désormais par mon prénom. Il n'a cessé de m'assurer qu'il ne m'en voulait pas.

Mais il m'a dit une chose ahurissante : "On vous a vu donner un paquet à un moine tibétain. Qui est ce moine ? Que contenait ce paquet ?"

Il a glissé l'accusation sur un ton badin. J'en suis encore stupéfait. Je ne l'aurais pas été moins si l'honnête cuisinier Hui qui me sert chaque jour un bol de nouilles avait plongé une vipère vivante parmi les vermicelles.

J'ai passé des heures à nier.

Il a passé des heures à préciser l'accusation. A l'en croire, "on" m'a vu tendre une boîte noire à un moine qui portait une barbe naissante, des lunettes et un petit sac dans le dos. C'était dans la foule, près du grand bûcher qui flambait le jour d'ouverture des festivités.

Mr Wang ne perd jamais son calme. Il me souriait, me servait le thé et, mine de rien, s'intéressait à mon passé. Aurais-je déjà voyagé en Inde ? N'aurais-je pas reçu une mission de la communauté tibétaine exilée de l'autre côté de l'Himalaya ?

Agent du dalaï-lama ?

Espion ?

Ce qu'il en coûte de chercher le yéti ! Des ennuis avec le monde entier. L'homme sauvage est-il donc si menaçant que ça ? Il faut croire...

J'ai tout nié, avec l'air scandalisé, et demandé à être confronté à mon délateur, ce "on" anonyme qui, apparemment, m'a vu faire des tas de trucs illégaux. Celui-là, si je le trouve…

(Je ne vois pas très bien ce que je pourrais lui faire.)

Mr Wang m'a laissé partir dans l'après-midi, avec un ordre. Dorénavant, je dois passer mes nuits dans la tente mongole sise au milieu du campement…

Vaqué le reste de la journée, jusqu'au soir, dans les tentes de nomades, hélé çà et là pour vider une bouteille de chang, pour manger un morceau de yak fumé, pour liquider un bol de thé au beurre, pour bavarder.

Des Khampas m'ont invité à les rejoindre. Au repos, allongés la tête sur la selle, les rubans rouges et noirs de leurs cheveux défaits. Une dizaine d'hommes et d'adolescents venus de Chamdo. Selon eux, pas d'hommes sauvages, de singes ni de migös dans leurs parages. "Mais va voir dans les tentes des gens de Zaduo. Là-bas, dans leur coin, il en existe." Comme d'habitude. C'est toujours ailleurs que les choses se passent.

Le plus vieux de la bande, celui qui comprenait sans faillir le baragouinage de l'homme blanc, est allé chercher un paquet de toile au fond d'un coffre. Il en a défait les chiffons avec une infinie précaution et en a extrait une petite boule de poils. C'était le nombril d'un animal, lequel ? va savoir. Il me l'a présenté comme un médicament très précieux, qui pouvait soigner tous les maux.

N'importe quels maux.

J'aurais dû leur en proposer un bon prix.

En face de la tente mongole qui m'est assignée, il y en a une autre, bien plus petite. C'est là que dort mon garde-chiourme. D'un seul œil.

Une illumination, cette nuit.

Ce moine à la barbe clairsemée qui porte lunettes et sac à dos ne serait-ce pas Yi, le hooligan de Taïpei ? Son blouson ocre comme le bustier monacal et sa calvitie précoce peuvent de loin faire illusion. Lorsqu'il émerge dans une foule compacte comme celle qui s'agglutinait près du bûcher où il m'accompagnait, il offre en effet la silhouette approximative d'un moine. Et c'est le seul moine à sac à dos que j'ai jamais rencontré de ma vie. (Un moine avec un sac à dos, a-t-on ici jamais vu ça ?) Il m'avait demandé de sortir son appareil photo et de le remettre ensuite au fond du sac… C'est ce geste précis qui fonde les accusations de l'indicateur de Mr Wang qui m'a pris, littéralement, la main dans le sac.

Las ! Hypothèse juste mais inutile : peux pas me disculper en mouillant l'homme de Taiwan.

Levé dès l'aube. Passé une bonne partie de la matinée à chercher Mr Wang. Hier, il m'avait précisé qu'il se trouverait à proximité de ma tente. Il n'y est point. Je suis parti à sa recherche en compagnie d'un Tibétain vêtu de noir – chapeau, veste et gilet moiré – que j'ai souvent croisé dans le campement. En marchant à son côté, bavardant de choses et d'autres, je me suis aperçu qu'une crosse de revolver apparaissait parfois sous sa veste. M'en suis étonné. M'a dit qu'il était flic.

Ensemble, nous avons retrouvé Fu Manchu. Il est venu s'asseoir dans ma tente avec un policier. J'attendais aussi l'indicateur. J'ai demandé où il était. Mr Wang a alors tourné la tête vers le jeune flic en civil avec qui je bavardais en toute amitié depuis l'aube. Il m'a dit : “C'est lui.” J'en ai été glacé.

La conversation qui a suivi a été particulièrement habile. Je ne sais quel jeu a joué Mr Wang, mais il l'a bien mené, consciemment, tout à mon avantage. L'indic maintenait m'avoir vu donner un paquet au moine et je savais qu'il avait vu juste, à la différence près que Yi est hooligan et non pas moine. On m'a demandé de préciser de quel couleur était sa robe, de décrire son visage. J'ai répondu ne pouvoir m'en souvenir. Depuis mon arrivée dans ce camp, je suis l'objet de tant de curiosité de la part des gens d'ici, que j'ai forcément discuté avec des moines au hasard des rencontres. L'indic a insisté : j'avais donné un paquet à l'un d'entre eux, il n'en démordait pas.

Mr Wang m'a laissé un bon moment mariner dans ce croisement d'arguments. On m'a promis la taule dès la fin de l'instruction. L'indicateur avait raison, j'avais ma raison. Alors, en anglais, afin que ses acolytes ne comprennent pas, Mr Wang m'a fourni les clés du dénouement. Tout en finesse.

— Vous pourriez admettre que vous avez rencontré un moine parmi d'autres, qui vous a proposé un objet à vendre. Vous avez touché cet objet, vous l'avez examiné et vous le lui avez rendu. Le policier qui vous a vu aura mal interprété la scène, voilà tout.

Une perche… La saisir ou pas… Soyons prudents. Car lorsqu'il parle, le regard de Mr Wang est si aigu qu'on ne peut s'empêcher d'imaginer quelque artistique fourberie destinée à coincer le plus retors des menteurs. En ces moments-là, Mr Wang offre tous les traits avec lesquels les Occidentaux caricaturent volontiers l'Asiate : impassible, rusé, sans émotion, et, forcément, traître…

— Sans doute, *mister* Wang, parmi tous les gens que j'ai vus, des moines m'ont sûrement proposé des objets…

— Mais quel type d'objet ? On me dit que celui-là avait la forme d'une boîte. Qu'est-ce que les moines peuvent bien porter comme boîte, hein ? Un conseil : réfléchissez bien avant de répondre.

J'ai réfléchi :

— Des *gaus*, *mister* Wang. Beaucoup de Tibétains portent ces reliquaires d'argent carrés, gros comme des boîtes…

Mr Wang s'est enthousiasmé, en anglais :

— Bravo ! C'est exactement ce qui s'est passé. Un moine vous a présenté son *gau* et vous le lui avez rendu.

Il a traduit avec empressement à ses subordonnés.

Les deux Tibétains sont restés perplexes. Leur chef a mis de l'énergie à les convaincre, mais ils voulaient des détails. Comment était ce moine ? Barbu ? avec des lunettes ?

— Oui… peut-être. Je ne suis pas très sûr. Beaucoup de gens, beaucoup de moines viennent me voir chaque jour…

Mr Wang a appuyé : bien sûr, comment l'étranger pourrait-il retenir tous les visages ? Vous vous souvenez de tous les nomades du camp, vous ? Il a argumenté, poussé, convaincu (les a-t-il menacés ?). En tout cas, il a gagné. Il les a soumis. Normal, il est le chef.

Alors, subitement, ses deux hommes se sont excusés. Ils ont montré d'un coup autant de hâte à renier leurs soupçons qu'ils en avaient mis à lancer l'accusation. Ils ont mal vu, ils ont confondu. Ils m'ont demandé de tout oublier, il ne s'est rien passé. Ils me rendront mon passeport demain, ils ne m'infligeront ni amende ni condamnation, même pour mon séjour illégal. Excusez-nous, pardon…

— Merci, *mister* Wang, merci. Où puis-je vous trouver dans le camp si j'ai encore besoin de vous ?

— Ne vous inquiétez pas. Si vous ne savez pas où je suis, moi je saurai toujours où vous êtes…

Il me faudra relire sérieusement *L'Art de la guerre* et Clausewitz… En apprendre par cœur les cas, les parades, les attaques et les contournements. Une esquive à droite, une estocade à gauche. Pour savoir répondre, la prochaine fois.

Dès l'instant où je le sais, être espionné en permanence ne me dérange pas. Mais plutôt qu'aller courir vers le village pour annoncer la fin de mes ennuis à mes amis chinois, je préfère jouir de ma liberté surveillée chez les Tibétains.

Seule amertume : avoir été accusé par des policiers tibétains et innocenté par leur chef chinois.

Les collaborateurs sont toujours plus tordus que les occupants.

Si, tout de suite, je rencontrais le yéti, le migö ou l'un de ses avatars, je lui crierais d'aller se cacher, loin, et vite, et comme il faut, jusqu'à la fin des temps.

Lui, on ne l'interrogerait pas longtemps : douze balles dans la peau illico.

Après-midi léger sous la tente d'une famille d'exception. Nous avons déjeuné de biscuits frits et torsadés, de tsampa et de fromage blanc. Mon hôte est sculpteur, il taille et grave des bouddhas et des saints dans le bois, pour les temples et les riches sédentaires de la région. Il est l'heureux père d'un médecin, d'un fonctionnaire, d'une chanteuse d'opéra et d'une poétesse. Deux jeunes filles aux profils doux, à la politesse du corps et de l'esprit, qui possèdent cette sérénité joyeuse et sincère que le voyageur remarque chez la plupart des Tibétains. La doctrine de Bouddha n'a d'autre but que de supprimer les souffrances de l'âme, et il faut croire que sur ces hauteurs désolées ses sectataires avertis y parviennent bien souvent. L'Occidental pourrait mettre en parallèle cet état de bien-être quotidien, de sûreté de geste et de propos, avec la tranquillité de celui qui sait qu'il n'a rien à attendre de la vie, donc rien à perdre, lucide sur lui-même et sur ses environs.

La jeune poétesse, moins de vingt ans, entend renoncer aux biens de ce monde. Elle ne souhaite pas pour autant devenir nonne dans l'un de ces monastères qui pourraient accueillir sa vocation. Elle ne cherche que l'ascétisme. Dans quelques mois, dans un an, enfin lorsqu'elle sera prête, elle choisira une retraite solitaire.

Au septième thé son père était catégorique : "A Yushu il y a des singes, mais pas d'hommes sauvages. En revanche – il est plus circonspect – à Medog, au sud du Tibet, et dans la chaîne himalayenne, il y en a..."

Ainsi le migö vivrait au sud, toujours au sud de la rivière Tsangpo. Un hasard ? La tradition veut que ce soit dans cette région boisée et plus tempérée, le Yarlung, que le singe de la forêt et la démone des rochers s'accouplèrent pour donner naissance au peuple tibétain. Et l'histoire dit aussi que là se constituèrent les premiers royaumes du Tibet.

C'est justement sur cette portion du pays que Chen Naiwen et Zhang Guoying, deux ethnologues chinois, poussèrent leurs investigations en 1980. Ils en sont revenus avec de drôles d'histoires.

Trouvé celle-ci dans *La Chine progresse** :

Pour se rendre de Médog à Baibung, on doit passer par une épaisse forêt située à vingt kilomètres de Baibung. Par beau temps, les animaux sortent de la forêt pour chercher de la nourriture et les hommes sauvages descendent jusqu'au torrent pour boire. En général, ils se déplacent deux fois par an : au printemps et en automne. Leurs corps velus dégagent une forte odeur. Parfois on peut trouver leurs poils accrochés à des buissons et recueillir leurs excréments, afin de les analyser et savoir ainsi de quoi ils se nourrissent [...]. Le 24 septembre 1980, deux jeunes filles de nationalité Monba, l'une âgée de quatorze ans, l'autre de quinze ans, traversaient la forêt. Elles furent soudain attrapées par une sauvage velue, aux longs cheveux et aux seins lourds. L'une des deux fillettes, terrifiée, tomba et se blessa au bras, tandis que l'autre s'enfuyait à toutes jambes. La femme sauvage, découvrant que les adolescentes étaient des filles, s'en alla les laissant tranquilles. Si elles avaient été capturées par un homme sauvage, leur sort eût été, hélas, tout différent.

Ah, le sexe ! Enfin ! Nous y voilà ! La pruderie des agences de presse en avait écarté toute mention explicite dans ces portraits-robots à l'usage des chasseurs de prime. Quoique... Derrière cette appellation d'*hommes sauvages*, on renifle bien la bête. On la sent qui palpite, lubrique, *démoniaque*... Et cette *forte odeur* ? Mmm... La sentez-vous aussi ? Elle transpire de ces récits... Des humeurs... de la sueur... du foutre ! Mais là, pardon, ce sont deux ethnologues qui parlent ! Caution scientifique !

Attendez, voilà encore une histoire de Chen et Zhang, une bien bonne, subtilement SM :

L'embarcadère Zham, au sud de Nyalam, dans le sud du Tibet, est situé à 2 300 mètres d'altitude.

* N° 20, 1988.

Le climat y est subtropical et il y règne une température printanière toute l'année. En 1976, deux employés du service de vente de céréales de Zham habitaient une petite maison de deux pièces, chacun en occupant une. L'un d'entre eux fut, une nuit, réveillé par une étrange vision : une femme sauvage aux seins lourds, aux longs cheveux, le corps recouvert de poils bruns, était penchée au-dessus de lui le regardant dormir ! L'homme se précipita dans la chambre de son compagnon dont il ferma la porte puis réveilla son camarade et lui expliqua ce qui se passait. Les deux hommes sortirent, chacun une couverture dans les mains, se ruèrent sur la sauvage, la renversèrent, la ligotèrent et l'attachèrent à un pilier. La sauvage, bien que très puissante, n'opposa aucune résistance. Cela fait, les deux hommes rentrèrent dans l'autre pièce, pensant s'enfuir le lendemain matin. L'esprit tranquille ils se rendormirent. Le lendemain, quand ils se réveillèrent, ils ne trouvèrent plus rien que la corde sur le plancher.

On m'a rendu mon passeport. Je l'ai embrassé et j'ai assisté à une danse sacrée. Elle a duré plus de cinq heures, possédée par les trompes et les cymbales. Les moines tournaient dans des soies d'or, ils se rejoignaient masqués de gueules animales et combattaient en des mimes précieux. Ils jouaient la vie et inventaient la mort, paradaient dans un carnaval des ténèbres et ressuscitaient les temps sombres et lumineux où l'homme et la bête vivaient dans une même chair. Le sabbat des chamans. Une religion.

Et dire ! Dire combien de fois j'ai entendu, lancés à mon adresse, les mots parpaillot, mangeur de curés, athée atterrant, rationaliste irraisonné, que sais-je encore ? Ici, dans ces montagnes où surgit l'expression première de l'univers, terre et vent, vent et terre, eau et feu, dans la nef de ces gompas où vibrent les cymbales et se gonflent les chants graves, ces mots seraient vains. Ils ne sauraient exister face à cette mise en scène du Sacré. On y croit, c'est de l'Art. Finesse, force, beauté. Pas d'émotion de magazine. Tout au contraire : le grand théâtre du clergé lamaïste produit une illusion si brillante qu'elle les aveugle tous – moi compris – pour leur raconter la vie, la mort et mettre en œuvre l'exorcisme public de nos démons. Païen, sexuel et salutaire comme une vraie messe de Pâques des temps anciens. Allez, curés, évêques, archevêques, cardinaux, pape ! Donnez-nous aussi un bon spectacle avec des acteurs impliqués, un texte puissant, des ors et de l'encens, et je deviendrai l'un de vos actifs spectateurs, auditeur attentionné, sectateur conquis et prosélyte.

Et, surtout – je n'ose en rêver – dites-nous, une fois au moins, une vraie messe avec, en chaire, une Voix et un Verbe qui nomment le monde tel qu'il est – innommable – et qu'il ne devrait plus être si enfin on le baptisait.

J'ai aussi rencontré ce jour, à mon grand étonnement, un Japonais. Un jeune homme curieux, sans bagage, anonymement vêtu d'un simple pyjama traditionnel de coutil bleu. Il a quitté la banlieue de Tokyo où il survit ordinairement de menus travaux, pour explorer pendant une année les trois cercles de l'humanité. Il évolue pour l'instant dans le premier, le cercle mongol. Il visite ainsi les peuples mongol et tibétain, les Polynésiens et les Andins, les Amérindiens et les Inuits. Puis il entreprendra le cercle africain et la diaspora noire. Et il finira sa rotation sur le cercle caucasien. Je ne sais trop sur quelle orbite tournent les Mélanésiens et les Bushmen du Kalahari, mais il entend aussi les suivre dans leur course. Il passera par l'Inde et les Himalayas, pour grimper les plus hauts sommets et voir le monde avec clarté. D'ailleurs son nom signifie "Col de montagne". Il va pieds nus.

Un éclaireur des futures armées japonaises ?

Retrouvé Yi de Taiwan, au hasard de déambulations, sous une tente de cuisine où l'on buvait beaucoup.

Nous avons demandé à un parti de Khampas qui s'apprêtaient à lever le camp et à rejoindre Lhassa à cheval en deux semaines de nous emmener avec eux. Ils ont gentiment refusé. Nous nous sommes ensuite rendus à la grande tente des gens de Zaduo. Nous en avons questionné un sur l'existence supposée de migös sur ses terres natales. Il a nié de manière très embarrassée. Comme si nous nous moquions d'un sujet sérieux, il a coupé court à la conversation.

Ce soir, les festivités touchent à leurs fins. Quelques familles ont déjà démonté leurs tentes. Les sédentaires ramènent leurs toiles d'apparat en camions, les autres roulent leurs bourras et fixent les poteaux sur le dos des yaks.

Dîner dans une modeste demeure du village, chez un ami de mes amis chinois. Sa femme cuisine finement. Elle accélère la rotation des plats. La table croule d'abondance. Il y a dix minutes, un membre de la bande nous a rejoints en cours d'agapes. La Sécurité publique l'a alpagué dans le camp pour lui faire passer un message, à moi et à ceux qui m'avaient offert l'hospitalité. Les policiers veulent nous faire savoir ceci : ils connaissaient tous nos faits et gestes depuis la première heure de notre arrivée en ville. Ils savaient chez qui je logeais, et aussi qu'un Taiwanais se coulait à Yushu dans la plus grande discrétion. Enfin, par cet intermédiaire, ils tiennent à nous informer qu'ils ont réuni tous les moines de la région pour les interroger. Il s'en est trouvé un pour admettre qu'il m'avait montré son gau afin que je lui achetasse. La Sécurité publique en a conclu que j'avais dit la vérité, que, d'après leurs observations, je n'avais créé aucun trouble ni commis de délit, que j'étais "quelqu'un de bien", et qu'en conséquence elle me tolérait à Yushu.

Le rapport du messager m'a laissé coi, incapable de toucher à la soupe.

Ainsi, Mr Wang, faudrait-il être un vermicelle de soja pour échapper à votre œil et votre oreille. Vous saviez tout et vous ne disiez rien. Vous vous délectiez de mes demi-mensonges et de mes vérités arrangées. Vous êtes très fort, Mr Wang, et très pervers.

Je m'en irai demain, avec Yi, Suo, Wuong et quelques autres.

Avec une bonne histoire aussi, dont j'arrangerai les détails si le public l'exige. Rien de tel en tout cas que ces petits accrocs pour nous donner, un temps, l'illusion de meubler le néant.

YUSHU-SHIQU

Partis à l'aube à l'arrière d'un camion débâché qui ramassait pèlerins et petits marchands. Près de sept heures pour couvrir la centaine de kilomètres qui séparent Yushu de Shiqu. Une mauvaise piste à 4 000 mètres d'altitude qui monte des pitons rocailleux, coupe les gués noyés de rivières sans pont, traverse des villages aux gompas scintillants et des campements de nomades hébétés. Un beau trajet sous une pluie fine, vraiment très froide.

A un moment, le camion longeait un vallon tranquille. Subitement, sans raison apparente, il a quitté la piste, s'est enfoncé dans l'herbe grasse et trempée et a roulé droit dans la prairie, vers un hameau de tentes et de torchis qui profilait sur l'horizon un relief déchiré. Avant d'y arriver il fallait franchir une rivière sans duit où barbotaient quelques yaks au poil long. Nous l'avons traversée sans hésitation, avec la désagréable impression d'être déportés par le courant. Les bêtes ont fui aux cris du moteur qui hurlait ses efforts. Après tant de peine, l'autre rive atteinte, le véhicule ne s'est pas arrêté. Il a dépassé les maigres habitations. Nous avons juste pu lever le bras pour saluer les pasteurs au seuil de leurs tentes. Le chauffeur a continué tout droit dans les cahots, sur les terriers. Des nuages prenaient le ciel, la prairie était sombre. Je ne comprends pas pourquoi nous foncions avec une telle certitude, dans l'herbe et la rivière, entre deux collines nues, au cul des yaks, pour ne pas nous arrêter là où la vie nous attendait.

Une question dangereuse me taraude depuis ce moment : qu'est-ce que je fais là ?

A qui la faute ? Au yéti ? A mes lubies ?

Essayons de dormir.

SHIQU

Un village balayé par des vents glacés et traversé par les cavaliers au pas. Comme dans la plupart des bourgades tibétaines, les habitants perçoivent ici l'étranger avec justesse et précision. La plupart n'en ont jamais rencontré. Ils se montrent donc légitimement intrigués et certains observent mes gestes avec attention, suivent mes pas, me regardent boire et manger en respectant une distance de politesse. Contrairement aux Chinois de province que j'ai souvent vus cerner le Blanc en commentant avec moquerie ou condescendance la taille de son nez (*ta pidze*, "gros pif"), ou en évaluant la richesse de son portefeuille, ils ne s'approchent que munis d'un prétexte valable et d'un sourire sincère. Pour vendre une bricole, pour un troc, pour un renseignement, pour l'agrément d'un bavardage. Et ils vous quittent avec la satisfaction d'avoir rencontré un être humain, venu de loin, certes, mais en tous points semblable à eux-mêmes. C'est de l'intérêt qu'ils me portent, et non de la curiosité.

Nous avons dormi deux nuits dans la petite caserne, meilleur endroit pour que la police, qui essaime ses représentants jusque dans le plus insignifiant village du pays, nous laisse tranquilles. (L'armée et la police ne s'aiment pas trop : toujours en concurrence.) Les soldats, tous chinois et très jeunes, s'ennuient ferme à Shiqu. Le jour, ils nettoient leur linge, s'exercent aux barres parallèles et jouent au basket dans la cour.

La nuit, cette nuit, ils ont transformé une salle de leurs baraquements en discothèque : musique, lumières d'ambiance mais, las, pas de bar. Puisqu'ils n'ont pas non plus de femmes, ils s'invitent mutuellement à danser avec une courte révérence, et tournent ainsi joue contre joue, bassins collés, attentifs à l'exactitude de leurs pas. Ce soir, tous en uniforme, ils anticipent la grande fête de l'armée prévue demain.

Du boucan.

DÉGÊ

Une bonne quinzaine d'heures et le soutien actif de la chance pour rejoindre Dégê, sur le bord du Yang Tsé. Seuls quelques rares camions osent braver la chaîne du Chola. La piste fracturée de trous et de bosses longe d'abord les remous d'une rivière et se tord peu à peu en lacets. Les vallées se resserrent, des sapins y poussent en forêts éparses. Plus haut, entre 4 500 et 5 000 mètres, ce ne sont que rochers plats qui s'amoncellent en statues stratifiées, gardiennes hiératiques des cols noyés sous une bruine glacée. Au fond des précipices on distingue de temps à autre la carcasse, d'un camion qui a loupé un virage.

Parmi les passagers qui s'accrochaient sous la bâche du véhicule, une adolescente tremblait de fièvre sous sa pelisse de yak. Elle vomissait, terriblement pâle. Son père et son frère, un jeune moine pauvre à la robe déchirée, l'ont hissée dans le véhicule lors d'une halte au village de Mannigango. Ils l'emmenaient au dispensaire de Dégê. Le vieux père cachait mal son inquiétude. Le fils récitait des soutras. Seuls les cahots qui projetaient les passagers d'un bord de la plateforme à l'autre pouvaient interrompre son murmure.

Nous sommes arrivés dans la nuit et dans la boue, Yi de Taiwan, les deux artistes chinois et moi. Nous logeons désormais dans la bicoque – une ruine – de la station des routiers. Une chambre tapissée de vieux journaux déchirés, quatre lits de ferraille, des matelas crevés, des bestioles dans les matelas, une ampoule nue, pas d'eau, une crasse grise. Deux francs par tête et par jour.

L'endroit est un gros village traversé dans toute sa longueur par une rivière furieuse. Au-delà du centre encaissé, de très belles maisons de torchis et de troncs rouges s'étagent sur les flancs des montagnes comme des chalets aux toits plats. Leurs intérieurs sont peints de scènes mythologiques flamboyantes et laquées. On les observe au travers des fenêtres larges et sculptées, obstruées de croisillons compliqués qui atténuent le jour.

Le temple est en réfection. Des artistes sur des échafaudages branlants recréent l'épopée de Padma Shambhava avec la précision des pinceaux léchés sur toute la gamme chromatique. Des corbeaux plus gros que des buses s'aventurent sur le faîte, et des aigles déployés planent bas.

On aurait tort et sombre imagination d'y voir là un signe de mauvais augure. Avalokiteśvara, saint patron du Tibet, protège le monastère des flammes et des sursauts de la terre. A l'intérieur sont consignés les trésors du Tibet : plus de deux cent mille tablettes d'imprimerie en bois, les plus vastes collections de textes anciens des cinq sectes du lamaïsme, les traités de géographie et d'astronomie, de médecine et de musique et le seul exemplaire restant d'une *Histoire du bouddhisme* en cinq cent cinquante-cinq matrices gravées en hindi, en sanscrit et en tibétain. Les corbeaux peuvent toujours croasser.

A sa demande, j'ai suivi le vieux père à l'hôpital, une construction inachevée de briques grises sur la berge de la rivière bouillonnante.

Le spectacle était lamentable. Les trois membres de la famille logeaient dans une même cellule obscure pour deux yuans quotidiens. Aux clous des murs pleurant la crasse, ils avaient pendu les sacs de branchages et de bouse – le combustible – et un morceau de viande rouge et mauve – la nourriture. Sur le sol noir, dans un seau de fonte, brûlait un feu sans verve qui réchauffait une bouilloire. Le père et le fils se partageaient les ressorts nus d'un sommier couvert d'une pièce de carton. La jeune malade, livide, souffrait en silence dans l'autre lit, sous une peau de yak.

Le vieil homme se plaignait de l'incompétence du docteur et me supposait plein de savoir. Il m'a montré la cicatrice de sa fille, celle d'une fraîche opération de l'appendice. J'ai diagnostiqué – imaginé – une infection postopératoire. Il a voulu me donner de l'argent pour trouver des médicaments, il était fatigué, il ne souhaitait pas le montrer. Son fils, assis en tailleur, lisait encore des prières.

Suo et Wuong ont tenté hier une démarche à la Sécurité publique locale afin d'obtenir pour Yi et moi un laissez-passer jusqu'à Lhassa. Le Taiwanais, parce qu'il est d'ethnie chinoise, a eu droit à un bout de papier dûment tamponné. Rien pour moi, qui ne suis pas né Han. J'ai juste un peu de chance : la police ferme les yeux sur ma présence illégale à Dégê.

Moments de flottement avec Suo, ce matin, alors que nous étions seuls près de la rivière. Le départ de son fiancé australien vers la Chine ne date que de quelques jours, mais nous nous promenions déjà tous deux très légèrement et je comprenais ses regards. Elle est jolie. J'apaisais le trouble en lui parlant. Je percevais une voie : "Rends-lui service ! Va faire des galipettes derrière le talus au lieu de jacasser."

Et puis une autre : "Garde le cap ! Forniquer n'est pas obligatoire : tu ne baises que mieux lorsque l'envie t'en prend."

Elle, ce n'est pas baiser qui l'intéresse. Elle veut plus, aller avec moi jusqu'au bout du voyage. Impossible. Car ce voyage n'a ni bout ni but. Mais est-ce vraiment un voyage ou une insignifiante péripétie, l'occupation de quelques mois de ma vie ?

— On y va ?

— *Let's go !*

Dans l'après-midi, près des billards installés dans la rue où quelques Khampas viennent montrer leur adresse, le vieux père m'a parlé de Mannigango, son village désolé de l'autre côté des monts Chola. Au temps de sa jeunesse, il se trouvait encore des singes et des êtres similaires dans les forêts des environs.

— Mais, dit-il, il y a longtemps qu'on a coupé les bois et qu'on les a tous tués.

— Tous ?

— Tous.

Plus tard, alors que les trompes des moines résonnent dans la vallée, juste avant que les haut-parleurs plantés sur les versants dans l'herbe et les buissons, entre les mâts des drapeaux à prières, ne prennent la relève en grésillant des discours politiques, un cuistot chinois m'a donné son avis du fond de sa gargote : "Les hommes-singes je n'y crois pas, ce ne sont que des histoires. Qu'est-ce que vous voulez manger ? Des nouilles ?"

A la nuit tombée l'obscurité totale. Une panne générale d'électricité vient de plonger Dégê dans les ténèbres. J'écris à la lumière d'une bougie (elle va s'éteindre).

La santé de Yi nous donne quelques inquiétudes. Il est contracté par de terribles douleurs au ventre, il ne peut rien avaler, il se lève avec peine, il ne marche plus, il se traîne. Il veut quand même prendre un camion pour Lhassa, demain. Un têtu de Taïpei, Taiwan.

Joli fiasco. Nous sommes tous partis ce matin, chacun dans un camion différent, vers le pont du Yang Tsé qui marque la frontière entre ce bout du Sichuan et la région autonome du Tibet.

Un policier tibétain bâti comme un ours et méchant comme un chien de prairie nous a arrêtés. Furieux, il a fait descendre chauffeurs et passagers. Il a refusé de me parler, il n'a même pas voulu voir mon passeport. Il s'est contenté d'injurier copieusement mon chauffeur et de lui coller cinq cents yuans d'amende – cinq cents francs, trois mois de salaire – pour avoir embarqué un étranger. Il lui a aussi ordonné de rebrousser chemin.

Yi a tenté d'argumenter en montrant le bout de papier que lui a délivré la Sécurité publique. Le flic a redoublé de fureur et s'est mis à le bourrer de coups de poing. Puis il a hurlé des menaces à la cantonade. Sur le pont, tous les gens, routiers, passagers, paysans, se tenaient cois, terrorisés. S'il avait disposé d'un peloton, il nous aurait fusillés sur-le-champ. Un fou.

Seuls nos compagnons chinois ont pu passer. Ils nous ont dit en nous quittant d'essayer de contourner le pont, en marchant dans la montagne, cette nuit.

Nous sommes rentrés à Dégê, une heure de camion sous le soleil, à travers des champs d'orge, le long de pentes forestières, en passant de belles fermes et des chortens.

L'état de Yi s'est aggravé. Il a pris des coups et les dragons de son estomac le torturent. Etendu sur son lit, il a enfoncé un doigt, deux doigts, dans sa bouche et vomi un riz consistant. Il s'est effondré quand il a tenté de se relever. Il ne pouvait plus marcher ni parler. Avec l'aide d'un Tibétain voyageur et ubiquiste qui disait m'avoir déjà vu à Khumbum et à Yushu, je l'ai embarqué vers le dispensaire, sur la plate-forme d'une camionnette.

Les malades cuisinaient dans les couloirs du sous-sol de l'hôpital. Yi, posé sur les marches d'un escalier, à peine visible tant le brouillard des graillons était dense, n'a cessé de vomir. Cet homme-là est étonnant : il n'a rien avalé depuis deux ou trois jours, mais il trouve toujours à recracher. L'infirmière était ailleurs, on ne trouvait pas le docteur. Il a fini par apparaître, jeune Chinois maigre et barbu qui tirait sur des cigarettes épaisses, avec sa femme qui tricotait et sa petite fille qui s'ennuyait, désœuvrées chez les crevards. Sur son ordre, une infirmière a émergé des brumes et armé une seringue. Elle a levé son masque de coton, raclé sa gorge et craché un joli glaviot sur le plancher avant de piquer le bras de Yi, étendu sur un banc. Il avait les intestins si noués que son estomac enflait dangereusement.

Prix de l'intervention médicale : quatre-vingts centimes (pas de supplément pour l'hygiène).

J'ai ramené Yi à pas très lents car il ne tenait toujours pas debout. Il fait nuit maintenant. Mais il ne dort pas. Je le vois vomir encore.

Aujourd'hui, Yi se sent mieux. Pas suffisamment pour manger, mais assez pour jouer au billard dans la rue avec des Khampas. Il a gagné tout à l'heure. Nous partirons demain.

Dans la chambre voisine, à peine plus délabrée que la nôtre, un sexagénaire très fort, à la peau noire comme du cuir tanné, la poitrine à demi nue, fabrique l'armature d'un sac à dos en courbant des branches élaguées. Il y a fixé un énorme baluchon de jute et une longue bande de tissu pour faire les bretelles. Cet homme est un pèlerin du Gannan. Il a marché quarante jours pour arriver à Dégê et mendié en chemin. Je l'ai vu manger : il puisait avec un vieux stylo des morceaux de biscuits qui molissaient au fond d'une tasse. Il part demain, vers Lhassa. Encore trois mois de routes, de sentiers et de cailloux. Il y restera une année.

Selon un autre pèlerin qui vient de Baina près d'Aba, il n'y a pas de migö près de Zaduo. Nous en avons discuté au pied des marches de l'auberge. Il ne cessait d'égrener son chapelet. Je lui ai montré l'image du migö. C'était la première fois qu'il en voyait la représentation. Mais elle l'a laissé très calme. Il l'a regardée sans interrompre la récitation silencieuse de ses prières.

— J'en ai entendu parler lorsque j'étais enfant, m'a-t-il dit. Je sais que les migös existent, mais vraiment, je ne saurais pas dire où…

Son fils, dix ans peut-être, lui a pris l'image des mains. L'aspect du migö ne l'a pas étonné ni effrayé. Il en a juste commenté les détails avec naturel…

LUHUO

Luhuo ne peut que décevoir. En une journée de camion la route a traversé tant de vallées nues, coupé tant de rivières limpides où s'affairent les chercheurs d'or, bordé des lacs d'étain si lisses et relié des villages si reclus que l'arrivée à Luhuo est une douleur pour les yeux. Ce bourg est une cité nouvelle, une étape chinoise dans l'expansion coloniale en terre tibétaine. Le vieux village khampa a cédé la place à des petits cubes de béton et de ciment. Seules quelques vieilles maisons résistent au pied de la colline où s'accrochent le gompa et les demeures des moines et des lamas.

C'est donc au gompa que j'ai grimpé, puisqu'un truisme veut que plus près des dieux l'on souffre moins. Là-haut, un moine m'a conduit à sa cellule et offert du thé.

Surprise n°1 : il m'a tendu un ouvrage écrit en français : *La Lettre à un ami du supérieur Nagarjuna.*

Surprise n°2 : sur un mur, une affiche annonçait une exposition sur l'art himalayen au musée Guimet.

J'en restai interloqué. Des papiers français dans une région où les seuls étrangers qui passent et qui restent sont chinois, chez un moine qui ne connaît que la langue de son peuple et celle des Ecritures, au fond d'un couvent obscur ignoré du monde…

Il a répondu à mon étonnement en me montrant un autre bout de papier plus ahurissant encore :

Geshe Ngawang Khenrap
Fondation Alexandra David-Neel
27, avenue du Maréchal-Juin
04000, Digne-les-Bains

Digne ! Un court-circuit. Geshe Ngawang Khenrap, un lama que j'ai croisé à Digne lorsque j'y travaillais, n'est autre que son frère exilé sur les bords de La Bléone.

Je me pince. Le vaste monde est minuscule.

Je ne sais pas si Badi Tchouba – ainsi s'appelle ce moine – a compris ma stupeur mais nous nous sommes quittés très perplexes et revigorés. Comme tous ceux qui se sont retirés de la folie du monde, il souriait.

A l'auberge (sans eau) un grand lama est de passage. Un drôle d'homme. Rondouillard, un duvet persistant sous le nez, une robe plus très nette et des baskets aux pieds, Konchok Yodzer, trente-six ans, est *Tulku Rimpoche*. *Tulku*, c'est dire qu'il fut l'un de ces enfants choisis après une série d'épreuves par des lamas et des devins comme la réincarnation d'un saint lama décédé. Quant au titre de *Rimpoche*, "Grand Précieux", il se confère aux religieux qui ont atteint un degré de connaissance, de conscience et de sagesse proche de l'illumination.

Konchok Yodzer donc, possède cette double qualité.

A le voir et à l'entendre, on jurerait plutôt qu'il appartient à ces bandes de novices un peu canailles qui vivent la vie de monastère comme d'autres garçons en d'autres lieux vivent la vie de pensionnat ou de caserne. Il aime manger, se goinfre de sucreries, avoue une préférence pour les viandes riches et parle des filles avec un œil égrillard.

Il vient du Bouthan. Il ne possède pas de passeport de son royaume, mais un carré de papier, une sorte de laissez-passer libellé en chinois, en français et en anglais, qui lui a permis de traverser sans trop de tracasseries l'Inde et le Népal pour rejoindre Lhassa puis Chengdu, en Chine. Ce voyage n'est pour lui qu'un légitime retour au pays : sa mère est native du Kham, son père sujet du Bouthan, et lui est né quelque part entre Kanding et Sertar, dans le Sichuan tibétain.

L'homme est assez snob. Il s'est plu à Chengdu parce que la ville est grande, moderne et que les vitrines clinquantes lui renvoyaient son reflet replet. En revanche il méprise quelque peu Dégê pour son isolement, son étroitesse provinciale et son allure de village arriéré.

Il n'est pas très riche mais son oncle de Kanding l'est suffisamment pour mettre une jeep et un chauffeur à sa disposition jusqu'à Chamdo. Après quoi il devra prendre les transports en commun, ces autocars et ces camions inconfortables jusqu'à Lhassa, Katmandou, New Delhi, jusqu'au Bouthan. Ça ne lui plaît pas trop de voyager avec le populo. *"Good not."*

Nous avons traîné ensemble chez tous les boutiquiers de Luhuo, le réincarné adore le shopping. Il s'est montré très fier d'être vu en compagnie d'un étranger : à ceux qui venaient le voir, intrigués de ma présence à ses côtés, il laissait entendre qu'il parlait et comprenait le français. En fait, il ne baragouine qu'un anglais fort limité et n'entend rien au mandarin.

Dans sa chambre, qu'il trouve bien mieux que la mienne parce qu'une télé trône sur la table, il est en train d'écouter les informations à plein volume. Je suis sûr qu'il ne saisit pas un mot du speaker. Entre un navet à la gloire de la révolution et les images humides des inondations du Sichuan, il égrène son chapelet d'un air distrait.

D'ailleurs Tulku Rimpoche a très souvent l'air distrait. Quand il pose une main sur les nattes d'une vieille Tibétaine qui sollicite sa bénédiction, il grignote de l'autre des pépins de pastèque, et quand il peint sur papier de jolies enluminures, il commence à étaler le bleu d'un ciel, ne descend pas jusqu'à l'horizon, et abandonne le cyan pour s'atteler au jaune d'un Bouddha d'une autre miniature, non achevée, en souffrance.

Il m'a dit qu'il préférait loger à l'hôtel plutôt qu'au monastère où il pourrait pourtant être reçu sans débourser un seul de ces yuans qu'il persiste à appeler "roupies". Il s'est défendu en précisant qu'il appartenait à l'ordre des Nyingmapas et qu'il ne saurait donc vivre chez les Gelugpas à bonnets jaunes du gompa.

Moi, je crois qu'il préfère le prestige de l'hôtel (fût-ce une auberge pour camionneurs) à l'austérité d'une cellule monastique. Le Précieux est un touriste. Tout à l'heure il en a voulu la preuve : il m'a demandé de le photographier devant l'entrée grise et bétonnée du bâtiment. Il a emprunté ma montre, elle fait riche et moderne, dégagé son poignet et pris la pose.

Hier, le moine Badi Tchouba a volontiers admis qu'il existe des singes, loin dans la montagne. Le lama Konchok Yodzer, lui, m'assure que des yétis vivent au Bouthan. Il considère leur existence sans surprise, en convenant que ces êtres rares sont aussi réels et indéniables que peut l'être le léopard des neiges qui a fait courir les zoologues du monde entier, ou que ces lions aux crinières turquoise qui arpentent, c'est sûr, les sommets des montagnes escarpées.

D'ailleurs, les timbres du royaume du Bouthan ne sont-ils pas frappés de l'effigie du migö tel qu'il est représenté dans d'anciens traités tibétains ? Imaginez : un Etat qui orne ses courriers d'un homme sauvage ! Inouï...

N'empêche : je soupçonne le Réincarné de me dire n'importe quoi pour me faire plaisir. Sa description du migö cumule trop de clichés. Il a beau prétendre le contraire, il n'en a jamais vu.

A propos du Bouthan :

Le *Compte rendu d'une ambassade à la cour du Lama de Teshoo au Tibet,* par le capitaine britannique Samuel Turner. En 1783, il s'entendait raconter une histoire fabuleuse par le Raja de Tassisudon. *D'abord il mentionna une race de gens de taille peu commune, qui habitaient une montagne prodigieusement haute, dont la base nécessitait beaucoup de journées de voyage pour être contournée. Cette région se trouve à l'est du Bouthan, et, étant trop éloignée, ses sujets n'y avaient jamais entretenu de relations. Mais, quelques années plus tôt, deux habitants de ce pays étaient venus jusqu'ici et ils firent l'admiration de tous les habitants car, selon sa description, ils ne mesuraient pas moins de huit pieds. Ils ne restèrent pas longtemps et ils semblèrent heureux à l'idée de retourner chez leurs frères géants.*

Dans la même chaîne de montagnes, au nord de l'Assam, il m'apprit qu'il y avait une espèce d'êtres humains avec des queues courtes et droites, ce qui, à l'entendre, était extrêmement gênant pour eux, car elles n'étaient pas souples. Ils se trouvaient donc obligés de creuser des trous dans la terre avant d'essayer de s'asseoir.

Il avait alors en sa possession me dit-il une créature très curieuse. Une sorte de cheval, avec une corne qui poussait au milieu du front. Avant, il en possédait une autre de la même espèce, mais qui mourut. Je n'ai pas pu savoir d'où elle venait, ni obtenir d'autres explications que "burra dûre *! fort loin !" J'exprimai le désir impatient de voir une créature si rare, et je lui dis que nous avions une représentation d'un animal appelé licorne, qui correspondait à sa description, mais qui était généralement considérée comme imaginaire. Il m'a alors assuré de la véracité de ce qu'il me disait, et promis que je la verrais. Elle se trouvait à quelque distance de Tassisudon, et son peuple lui vouait un respect religieux. Mais je ne l'ai jamais vue.*

Moi non plus.

KANDING

Nous quittons ici le Tibet. Kanding est la dernière ville du Kham, à l'extrême occident des terres lamaïstes. Demain Yi suivra son chemin et je prendrai le mien. Nous laissons derrière nous les terres du migö.

Cap sur les monts du Kun Lun et les déserts du Xinjiang. D'après ce que j'en ai lu, ils regorgent d'hommes sauvages.

Je suis extrêmement triste. Comme à chaque fois que j'ai dû redescendre du haut plateau bouddhique, l'épure supérieure du monde.

Ce doit être l'effet de la plaine.

LANZHOU

Peu à dire de ces longues journées qui ont suivi mon départ du Tibet. J'ai dû me battre et ruser à la gare de Chengdu pour trouver un ticket de train de seconde classe. Les lois du marché noir y sont impitoyables. Les voyageurs qui ne possèdent pas de *guanxi* – les relations – ne peuvent plus acheter leurs billets aux guichets. Les garces qui officient derrière les Hygiaphone prétextent la pénurie et les rembarrent sans ménagement. Il ne leur reste plus qu'à accepter, la mort dans l'âme, les tarifs exorbitants des revendeurs à la sauvette, complices des susdites garces (car ces dragons à casquettes sont souvent des femmes).

J'ai eu le mien pour quarante-quatre RMB, autant de francs. Bien négocié. C'est après que j'ai souffert de n'avoir pas dégotté un billet de première classe. Jusqu'à Lanzhou, je me suis plié en deux, en trois, en quatre, au gré des mouvements de mes voisins de banquette, pendant vingt-six heures.

Demain je m'offre une journée sans peine. J'irai à Linxia. Faire des courses.

LINXIA

Recours au marché noir, une fois encore, pour obtenir ce matin un billet de car à prix raisonnable.

Shéhérazade a bien dû pointer ses moues boudeuses et claquer de la mule à Linxia. Elle en offre des images assez exactes dans sa description de la caverne d'Ali Baba. La ville, où poussent des minarets aux toits torturés de pagode, est un bazar géant qui regorge de plus de richesses que tous les magasins de Pékin réunis. Partout des échoppes et des grands magasins. Les Hui, les Donxians et les Tibétains des environs troquent, achètent, vendent, mangent et palabrent à tous les coins de rue. Les Han ? Discrets.

En traînant dans les rayons du grand magasin de la place principale, j'ai été hélé par un commerçant qui a surgi de ses lots de chemises pour m'offrir des poires. Nous avons parlé. Il m'a raconté en les mimant quelques scènes locales de la révolution culturelle. Les gardes rouges qui déboulent, les mosquées rasées, le travail forcé sous la férule de petits chefs sadiques et tout-puissants, les disettes, les fusillés. Il allait alors vêtu de haillons.

LINXIA-XINING

Autocar cassé, halte obligée. Conversation sur le bord de la route avec trois passagers, pour patienter, pour le plaisir. Deux Tibétains (un moine richement vêtu, un paysan) et un Chinois. Leur ai montré l'image du migö.

LE MOINE. Il y a des hommes sauvages à Xining.
LE CHINOIS. Non, ça n'existe pas à Xining.
LE MOINE. D'accord, pas à Xining. Mais dans le Sichuan et au Tibet, près de Lhassa et du Chomolungma, c'est sûr...
LE PAYSAN. Oui, oui, là-bas il y en a !
MOI (LE FRANÇAIS). Vous en avez déjà vu ?
LE PAYSAN. Moi non, mais les gens de là-bas en ont vu...

Le Chinois ne disait rien. Il n'en croyait pas un mot.

XINING

Retour forcé dans la capitale des forçats. Pas d'autre choix en venant de Linxia. Pour partir vers l'ouest, le vrai, le sauvage, peuplé d'hommes et de femmes du même nom, c'est par Xining qu'il faut transiter.

Ce matin, après avoir bavardé un moment devant la gare routière avec trois Khampas qui ressemblaient aux mousquetaires et fumaient des Craven A, je suis entré dans un grand magasin aux vitrines crasseuses. J'ai poussé la porte par hasard, du moins le croyais-je. Mais le hall sombre et les pauvres présentoirs m'ont rapidement semblé familiers. La mémoire m'est revenue, à chacun sa madeleine. A ce même endroit, l'année précédente, un vieil homme m'avait abordé en anglais.

Il parlait doucement, régulièrement, avec un bon accent. Il m'avait invité chez lui, quelques rues plus haut, et nous avions pris le thé dans le deux-pièces modeste qu'il occupait avec sa femme et qu'il louait sept yuans par mois. Presque tout de suite, il s'était mis à raconter son histoire, en cherchant ses mots – il voulait toujours le mot exact – et en réfrénant l'émotion qui roulait parfois dans sa gorge. Avant, il y a des années, il avait été professeur de langues, à Shanghai. Puis la révolution culturelle l'a condamné à dix années de camp dans l'Anhui. Ensuite le Parti lui a infligé une obligation de résidence à Xining. Jusqu'à notre rencontre, il n'avait jamais reparlé anglais.

Je l'ai cherché sur cinq étages. J'ai remonté les passages et les ruelles de son quartier. Mais tous ces blocs de briques noircies par le charbon se ressemblent. Je n'ai pas pu retrouver son immeuble. Je n'étais jamais sûr que ce fût le bon. Dans les cours intérieures, les gens me jetaient des regards étonnés. Je devais avoir l'air bizarre ce matin…

Visite sans rendez-vous à l'Institut de biologie du plateau du Qinghaï-Tibet, *Academia sinica.*

Mrs Liu, jeune zoologue, ravissante, très très court vêtue d'une jupe en stretch collant, m'a conduit au professeur Changlin Zheng, mammalogue, spécialiste de la faune locale.

Un tout petit homme avec de grosses lunettes dans un bureau en désordre. Aussi accueillant que Zhou Guoxing à Pékin. Parle mal l'anglais. Une étudiante a servi d'interprète.

Les chercheurs du département du professeur Changlin ont plusieurs fois conduit des recherches sur la faune du haut plateau, des monts Kun Lun jusqu'aux frontières de l'Inde et du Népal.

Le yéti et ses avatars ? "Les gens en parlent, mais jamais, jamais, nous n'avons trouvé de preuves."

En 1984, lors d'un congrès à Washington, des zoologistes américains l'ont interrogé à ce sujet, en prenant l'affaire très au sérieux. "J'ai démenti toutes les rumeurs sur l'existence d'hommes sauvages en Chine. Je ne crois pas non plus à celles du Shennongjia."

En revanche, il a depuis longtemps déterminé les aires d'habitat des petits singes macaques mulada. (Le long de la rivière Make, sud-est du Qinghaï, et plus à l'ouest, dans les forêts de Jiangxi, Yushu, Bainha et Nanqian.)

Quant aux ours, le brun vit dans les bois du mont Qilian qui dominent le corridor désertique du Gansu, dans la chaîne du Kun Lun, et au Tibet ; le noir aux environs de Yushu, au Tibet, et dans les forêts de l'ouest du Sichuan.

Enfin, les derniers spécimens de léopard des neiges, dont quelques hypothèses voudraient que les hommes sauvages en suivent les pistes, sont localisés dans les monts Qilian, Tangla (au centre de la province), dans la chaîne du Kun Lun et d'Altyn.

Conclusion du professeur Changlin : "Les traces relevées par les géographes dans la chaîne de l'Altyn ne sont probablement que celles d'ours."

Mrs Liu m'a raccompagné. Me suis alors senti redevenir sauvage. Loup-garou… Crétin et Cro-Magnon… Mister Hyde…. O Mrs Liu, ne sentez-vous pas derrière vous cette odeur, l'odeur de la bête ?

Saisir Mrs Liu par ses frêles poignets, lui arracher sa jupe de stretch, l'enduire de beurre de yak et la retourner sur une peau d'ours dans une caverne sans issue… Voilà que ça me reprend.

HEIMAHE

Paix, repos et félicité au bord du Koko Nor, le lac Bleu des Mongols, une vraie mer à 3 500 mètres d'élévation. Cette Méditerranée sacrée marque la limite septentrionale des terres tibétaines. Au-delà, au nord, les Mongols nomadisent, les musulmans commercent et les Chinois colonisent. Autour du lac, dans les villages sommaires et les pâturages infinis, on ne croise que des pasteurs tangoutes qui promènent leurs yaks et leurs moutons. Leurs femmes sont particulièrement belles. Les visages rouges et délicats, les sourires timides, les cheveux coiffés en cent huit tresses où pendent des disques d'argent, je les ai regardées des heures et elles m'ont vu. Dix doux sourires, bonne journée.

J'ai aussi considéré ce moine qui marchait le long de la route en priant au soleil de midi. Il avançait de deux pas et s'allongeait de tout son long sur le ventre en récitant des patenôtres. Il se relevait, recommençait, sans jamais manifester sa fatigue. J'ai entendu parler de pèlerins si pieux qu'ils se rendaient ainsi à Lhassa en un voyage inouï qui pouvait durer plusieurs années.

A lire les *Souvenirs d'un voyage dans la Tartarie et le Thibet* de Régis-Evariste Huc, le grand lac possède aussi une histoire qui défie la raison : *D'après les traditions populaires du Koukou Noor, la mer Bleue n'aurait pas toujours existé où on la voit aujourd'hui. Cette grande masse d'eau aurait primitivement occupé, dans le Thibet, la place où s'élève la ville de Lha-Ssa. Un beau jour, elle aurait abandonné son immense réservoir, et serait venue, par une marche souterraine, jusqu'à l'endroit qui lui sert actuellement de lit.*

Dans ces environs Susie Carson Rijnhart, son jeune fils et son missionnaire de mari, une pieuse famille canadienne de Chatham, Ontario, venue évangéliser les Tartares à la fin du siècle dernier, assistèrent à la rencontre de deux ours et de six cerfs. Leur vieux guide mongol refusa de chasser les plantigrades.

Il ne faut rien en attendre de bon [dit-il]. *Ces animaux ne doivent pas être touchés [...]. Alors que Mr Rijnhart s'élançait au secours de Rahim, les deux ours détalèrent vers les collines en foulées rapides. Rahim vint nous rejoindre, les yeux pleins de terreur, sans son cheval qui s'était échappé. Il nous dit comment "l'homme sauvage" (les Chinois et parfois les Mongols appellent les ours* ie-ren, *hommes sauvages) s'était dressé pour le regarder, et comment, ayant tiré toutes ses cartouches, il prit son épée et s'éloigna furtivement. Depuis, il ne voulut plus jamais tuer un ours*.*

* Susie Carson Rijnhart, *With the Tibetans in Tent and Temple. Narrative of Four Years'Residence on the Tibetan Border and of a Journey into the Far Interior (1895-1899)*, Fleming H. Revell Company, 1901.

CHAKA

S'il existe une géographie de l'enfer, Chaka en est le modèle, bref comme une sentence de mort : un bourg de baraquements resserrés au bout d'un lac salin, et des usines de traitement. L'eau blanche réverbère la fournaise de la steppe et les montagnes rouges dressent tout autour une enceinte de briques réfractaires. Chaka brûle dans la poussière. La maigre population y mène une existence de forçats, les pieds dans les flaques d'iode, la peau noire et cuite, les yeux pleurant.

Le taulier calciné qui m'a loué une turne dans un baraquement s'est employé à me persécuter toute la nuit. Sous des prétextes divers, il m'a tiré trois fois de mon sommeil en aboyant pour me faire changer de cellule. Nous avons eu quelques mots. Je lui trouve une parenté directe, un lignage sans brisure avec les néandertaliens que l'on suppose hanter les environs.

NULLE PART, ENTRE CHAKA ET DACAIDAM

Longue halte. Le désert. Le camion a soif. Une rivière. Vent calme. Rocs, rocs, rocs.

Nicolaï Prjevalski. Dans la région, il y a cent ans : *Bien avant notre arrivée dans le Han-sou, nous avions entendu parler d'un animal extraordinaire qui habitait cette province et s'appelait* khoun-gouraissou, *c'est-à-dire l'homme-bête. Les narrateurs prétendaient que cet animal avait un visage semblable à celui d'un homme, qu'il marchait habituellement sur deux pieds, que son corps était orné de poils noirs épais et ses pattes munies d'énormes griffes ; sa force était tellement redoutable que non seulement les chasseurs ne l'attaquaient pas mais les habitants décampaient aussitôt qu'ils s'apercevaient de sa présence.*

D'autres narrateurs nous assuraient qu'on le trouvait dans le massif du Han-sou, mais à la vérité très rarement. Sur notre demande, si le khoun-gouraissou *n'était pas seulement un ours, nos interlocuteurs hochaient la tête en répondant qu'ils connaissaient bien l'ours. En arrivant pendant l'été 1872 dans les montagnes du Han-sou, nous avions promis une récompense à qui nous montrerait le gîte de cet animal fabuleux ; mais personne ne se présenta ; un seul Tangoutte nous apprit que le khoun-gouraissou se tenait toujours dans les rochers du Handjour, où nous campâmes au commencement d'août. Nous désespérions de jamais voir cet animal, lorsque nous apprîmes, par hasard, que dans un petit couvent à quinze verstes de Tchertinton, il s'en trouvait une dépouille. Au moyen d'un présent reçu par le Supérieur, celui-ci consentit à nous la montrer. Et qu'est-ce que nous avons vu* ?...*

Le chauffeur klaxonne, il veut repartir.

DACAIDAM

...Un petit ours empaillé. Tous ces merveilleux récits n'étaient que des fables ; nous assurâmes que c'était un ours ; les Mongols nous affirmèrent que celui dont ils parlaient n'avait pas l'habitude de se montrer, mais que le chasseur pouvait le suivre à la piste...

Deux jours de camion pour descendre dans la dépression désertique du Tsaidam. Les deux routiers chinois qui m'ont embarqué contre trente yuans traînaient des remorques énormes chargées de briques. Ils formaient un petit convoi bâché, à la manière des pionniers de l'Amérique qui s'enfonçaient dans les canyons de l'Arizona une Winchester à la main et la trouille au ventre. Ils roulaient à la lenteur des chariots en scrutant la steppe avec méfiance. Hormis un dernier village d'Apaches tibétains et quelques yourtes de Sioux mongols et de Comanches kazakhs plantées dans des marécages herbeux, nous n'avons croisé que des chameaux au regard idiot.

* Nicolaï Prjevalski, *La Mongolie et le pays des Tangouttes*

Vers quatre heures, le deuxième jour, le chauffeur m'a montré un relief dans le désert, sur la droite. De longs murs qui fermaient un demi-cirque naturel de rochers et de pitons. "C'est un camp, m'a-t-il dit, un camp pour les criminels."

Avant les bagnes, avant les prisonniers et les colons, il devait régner ici une faune d'un autre genre, rétive au fouet et à toute domestication.

W.W. Rockhill (qui, décidément, a rencontré l'incroyable en explorant la région. Cette fois, il s'avançait près des marécages en cherchant les sources du Bayan Gol) : *Un soir, un Mongol m'a raconté le voyage qu'il fit un jour en compagnie d'un Chinois qui voulait acheter de la rhubarbe auprès de Tibétains [...]. Ils ont vu d'immenses troupeaux de yaks et d'ânes sauvages, d'antilopes et de* géresun bamburshé. *Ce mot signifie littéralement "hommes sauvages". Il me les a décrits avec conviction. Ils étaient couverts de longs poils, se tenaient debout et marchaient comme des hommes. Mais il ne croyait pas qu'ils pussent parler. Puis il prit une boule de tsampa et modela un géresun bamburshé, qui ressemblait de très près à un ours. Pour en parfaire l'identification, il dit que le Chinois criait* "Hsiung, hsiung", *"Ours, ours", quand il en voyait un. Il ajouta que les Tibétains l'appelaient* dré-mon. *Les Mongols ne classent pas l'ours parmi les animaux ordinaires ; pour eux, il est le "chaînon manquant", qui a l'apparence de l'homme mais l'appétit de la bête. Selon eux et les Tibétains, l'ours prend le rang de "roi des animaux" car ils le tiennent pour la plus terrible des bêtes quand il est attaqué, et pour un mangeur d'hommes confirmé. Il est certainement le sauvage primitif du Tibet oriental, le héros involontaire des nombreux récits que j'ai entendus sur les hommes paléolithiques dans ce pays.*

Il note en sus qu'il n'a cependant *aucun doute que des Chinois intelligents et cultivés, bons connaisseurs* *des apparences et des habitudes des ours, croient qu'il existe des sauvages primitifs dans les montagnes de l'est du Tibet**.

La piste prend forme.

DACAIDAM-DUNHUANG

Dans un camion encombré de deux chauffeurs, d'un auto-stoppeur chinois et d'un énorme cochon noir qui grogne sur la plate-forme arrière. Trois cents kilomètres dans la chaîne lunaire du Kun Lun, hérissée de pitons roses et noirs. Pas d'herbe, pas d'arbre. Rien. Rien que des rochers brûlants le jour, glacés la nuit. Même Aksay, un village kazakh – la seule présence humaine signalée d'un point minuscule sur des kilomètres de carte – semble vidé et mourant, noyé dans la bruine et le brouillard.

Ainsi, des hommes sauvages vivraient dans ces montagnes, hors du temps, vêtus de leurs seuls poils ?

Je n'ai même pas vu un oiseau.

DUNHUANG

La grande oasis au creux de dunes sahariennes. Les grottes de Mogao ne sont pas loin, quelques kilomètres à peine au-delà des vagues de sable. Elles s'étagent sur une falaise longue de mille six cents mètres. Quatre cent quatre-vingt-quatorze trous dans la roche qui abritent plus de deux mille statues du panthéon bouddhique et quarante-cinq mille fresques murales. Ce sont là les chiffres d'un trésor sans comparaison.

En l'an 336, un moine errant inspiré par la vision de mille Bouddhas donna le premier coup de burin dans le roc rouge. Son ouvrage, des centaines de fois développé par les pèlerins, tomba ensuite dans l'oubli, l'ignorance et le pillage, lorsque les conquérants musulmans chassèrent les bouddhistes de la

* W. W. Rockhill, *The Land of the Lamas. Notes of a Journey through China, Mongolia, and the Tibet, op. cit.*

région pour prendre possession du corridor de la soie. Ce n'est qu'au début de ce siècle qu'un moine taoïste, Wang Yuan, redécouvrit les fresques et les manuscrits rédigés en chinois, en tibétain et en d'autres vieilles langues d'Asie centrale. Il trouva aussi ce qui pourrait être le plus ancien livre du monde, imprimé de peintures sur soie et lin, composé en 868.

La nouvelle de l'exhumation des richesses de Mogao résonna vite en Europe. Nos explorateurs, casques et shorts kaki, mandatés par quelques sociétés géographiques de renom, pointèrent leurs bésicles. Sir Aurel Stein en revint avec vingt-quatre cantines de manuscrits et cinq de peintures et d'ornements pour le British Museum. L'érudit français Paul Pelliot en acheta plus encore au moine Wang. Il fut suivi par des Américains, des Russes, des Japonais. Toutes les grandes puissances sont venues se servir à Mogao, jusqu'au jour où la cour impériale chinoise déclinante décida de rapatrier les restes à Pékin. Mais tant se dispersèrent en chemin que Wang Yuan regretta de n'avoir pas tout confié d'emblée aux Britanniques. Le vieux British Museum lui semblait abriter moins de rats et de chacals que le désert environnant.

L'endroit mérite une visite appuyée, même s'il devient une halte obligée des tour-opérateurs qui y débarquent des cars entiers de clients : on y perçoit dans la roue des chakras combien l'univers est rond et le temps circulaire.

Traîné dans le désert à une trentaine de kilomètres de la ville. Hier soir, à l'auberge, un Allemand militant de je ne sais quelle verte cause écologiste m'a affirmé qu'un accident s'était produit récemment dans le périmètre nucléaire du Lop Nor, le grand lac mouvant qui se trouve à l'ouest. Le vent aurait poussé la contamination dans toute la région.

Il y a deux ans, j'avais entendu des histoires similaires : on m'avait raconté les nouveau-nés malformés, le bétail mourant et les agrumes monstrueux. Toute la piste sud du Taklamakan était alors strictement interdite aux étrangers, mais je l'avais quand même parcourue pour approcher ce Lop Nor qui sonnait à mes oreilles comme le Loup Noir. Un lent et beau voyage dans la poussière, durant lequel j'avais passé plus de temps à essayer d'échapper à l'œil de la Sécurité publique qu'à interroger les habitants des oasis. Hormis un contrôle policier surprenant, Check Point Charlie sur la lune, je n'avais rien noté de radioactif. C'est pourtant dans cette partie du désert que l'armée expérimente l'atome depuis quelques décennies.

C'est aussi par là que Rockhill entendit parler une fois encore des hommes sauvages :

*... Dowé m'a dit qu'il y a des hommes sauvages près de Sa-chou. Ils font leurs lits de roseaux et se nourrissent de raisins sauvages, qu'ils savent aussi sécher. Ils ont la taille d'hommes ordinaires et parlent une langue qui leur est propre. Deux d'entre eux ont été capturés par des mahométans Hsi-fan, mais l'un mourut bientôt et l'autre s'échappa. Dowé situe l'habitat de ces gérésun kun entre Sa-chou et le Lop Nor. La persistance de ces histoires de sauvages dans cette région est étrange et du plus grand intérêt**.

C'était il y a un siècle.

Soixante ans plus tard, la bombe y explosait, soufflant sur le désert un vent chaud, sec, inouï. Le dernier des gérésun kun a vu l'horizon s'enflammer et le champignon qui s'élevait. La poussière a noyé la terre dans des ténèbres pourpres, une sourde étreinte l'a pris jusqu'aux os. Alors il s'est lancé dans une course aveugle, les yeux pleins de larmes et les poumons remplis de feu. Il est tombé non loin de son lit de roseaux calcinés. Des cendres grises ont recouvert son corps hurlant et son cadavre s'est vitrifié. Il est mort la bouche tordue. C'était un homme, pas un ours. Les ours ne sèchent pas les raisins sauvages.

* W. W. Rockhill, *The Land of the Lamas. Notes of a Journey through China, Mongolia, and Tibet*, *op. cit.*

LIYUAN

Une station de torchis où passent les trains, à cent trente kilomètres d'un désert absolu de Dunhuang. Chaleur du diable. Ce matin, sur un trottoir, deux Tibétains vendaient les os de petits animaux, des cornes de gazelles et des crânes de singes. Je leur ai montré mes représentations du migö. Ils m'ont dit de repiquer plein sud, à deux ou trois mille kilomètres, au-delà du Chang Tang, vers Lhassa. Je leur ai alors demandé si, par hasard, ils avaient entendu parler de l'almas du nord ou des hommes sauvages. Puisqu'ils sont grands voyageurs, arpenteurs de contrées vierges et sans limites, je supposai qu'ils avaient dû surprendre bien des choses curieuses, hommes et bêtes. Mais non. D'accord pour le migö, ils en ont quelques-uns dans leurs montagnes, chez eux, mais de cet almas étranger ils ne savent rien. *"Yok !"* comme on dit dans le jargon des steppes. "Y'a pas !"

Plus loin, une petite troupe de Miaos. Des femmes essentiellement, râblées, vêtues de blouses bleues, de jambières et d'une serviette-éponge sur la tête. Elles viennent des montagnes du Triangle d'or. Elles ont quitté leurs villages de jungle pour vendre des bijoux d'argent. On les rencontre de Bangkok à Pékin. J'ai vite renoncé à leur poser mes questions : elles n'y comprenaient rien et éclataient de rire dès que j'ouvrais la bouche.

Car du Tsang ou du Xishuanbana aux marches mongoles, les petits peuples voyageurs de commerce savent fort bien survivre à la rencontre de douaniers à casquettes, d'étrangers aux longs nez et de sauvages aux grands pieds : ils ne leur répondent pas et choisissent de s'en moquer.

HAMI

Ici commence le Turkestan, que Pékin a rebaptisé Xinjiang, "les nouvelles frontières", signifiant ainsi son prurit expansionniste. Au bazar où j'écris ces lignes devant un verre d'arak, j'ai la sensation d'une

Europe imminente. L'air est turc. Les Ouïgours et les Kazakhs portent sur le visage tous les souvenirs des migrations altaïques du Gobi au Caucase. Il y a des grands blonds aux yeux bridés, des trapus bruns et bouclés comme des Siciliens et des femmes voilées. Ils mangent des chiches-kebabs et parlent fort. Les Han, jaunes et fluets, s'absentent.

Vaines négociations à la gare routière ce matin pour grimper dans un car en partance pour Barkol. Barkol est un lac des monts Célestes, cent kilomètres au nord, sur la frontière mongole. Les rives sont occupées par les chameaux et les chevaux des nomades kazakhs. On m'a dit hier au bazar que j'avais plus de chance de croiser là-bas des témoins de l'almas (voire l'almas lui-même) qu'ici, entre les étals des bouchers, les caisses de melons et les tables de billard.

Bien sûr.

La guichetière a refusé de me vendre un ticket. Prétexte : la région est fermée aux étrangers.

Toute la journée j'ai donc tenté l'auto-stop en compagnie d'Abdullah, un yéménite de Singapour qui s'en va sur les routes rejoindre son oncle d'Aden. Jusqu'au soir nous avons fait quelques bonds de poulet en camion. Ils nous ont poussés à dix kilomètres à peine du centre de la ville. Désespérant.

Tout à l'heure, en réintégrant nos pénates, un dortoir près du bazar où ronflent cinq ou six Turcs, un policier kazakh est venu occuper le lit voisin du mien.

Il vient de me dire que, demain, il se rendra à Barkol. Je lui ai demandé son appui…

Il n'a rien pu faire pour moi. Il a bien tenté de m'acheter un ticket, mais la guichetière s'est vite doutée de la combine en me voyant battre semelle alentour. Elle a renvoyé le kazakh, tout policier qu'il est.

La Chine, un Etat policier ? Allons donc ! Voilà un pays dont la bureaucratie sans cesse nourrie de toutes les activités humaines a tellement enflé qu'elle commande même à la force publique.

Elle plane désormais lourdement, indépendante comme un ballon de gaz, aspirant, étouffant, asphyxiant toute vie pour sa propre survie.

Dépité, j'ai grimpé dans le premier car rafistolé en partance pour Turfan. Désert, dunes et sueur pendant dix heures. La dépression de Turfan s'enfonce à cent soixante mètres au-dessous du niveau de la mer. On m'a dit aussi que la température s'élève parfois à 47 °C.

TURFAN

Malédiction. L'oasis a mal changé depuis deux ans. Les fonctionnaires du tourisme chinois ont apparemment décidé d'en faire une étape de choix sur le circuit désormais balisé de la route de la soie. Ils détruisent les vieilles demeures de torchis aux terrasses couvertes de treilles et bâtissent sur leurs ruines des buildings hideux où se casent des contingents de visiteurs chinois. Les routards occidentaux commencent aussi à affluer. Hier, je suis passé devant deux ou trois gargotes tenues par des Chinois qui proposaient des menus en anglais et attiraient les jeunes étrangers avec du rock craché à plein volume. Des hamburgers plutôt que des pâtés de mouton et Michael Jackson contre la musique soufi. Le tube contre l'incantation. La batterie du nègre blanc sonne ici comme un glas sinistre. Le monde et le temps se gâtent. Sale époque.

Aujourd'hui, décidé à ne voir ni Blancs ni Jaunes, je n'ai traîné qu'avec des Ouïgours entre le bazar et la mosquée, près des canaux d'irrigation mais loin du beau minaret Emin, une tour du XVIIe de style afghan que les brochures chinoises s'obstinent à appeler “pagode” pour illustrer les cartes postales.

J'ai ainsi pu peaufiner mon maigre vocabulaire ouïgour, celui du moins qui me sert à décrire l'almas, l'homme et la bête.

visage : *yüz*	bouche : *eréz*	cou : *boyün*	bras : *bilek*
nez : *berün*	lèvre : *kalpouk*	épaule : *meura*	main : *krol*
œil : *kös*	dent : *tchich*	poitrine : *kekeulek*	doigt : *ugai/barma*
	oreille : *kolak*	sein : *amtchek*	

sourcils : *khash*	poils : *tuk*	sang : *kon*
cils : *tcherlbek*	barbe : *sakhal*	veine : *tumour*
ongle : *thernak*	cheveux : *tcharch*	
	moustache : *grout*	

ventre : *koursa*	sexe (fém.) : *teutark*	cuisse : *yotark*
dos : *bel*	sexe (masc.) : *tcheuchark*	jambe : *patchark*
cul : *keut/kou*		pied : *pout*

ÜRÜMQI

Une ville grise et laide qui enferme un bon million d'âmes asthmatiques, crachotant sous les fumées des usines. Autour, un désert de montagnes sèches et ravinées.

Sinistre.

Quelques rencontres hier et aujourd'hui, dans les rues et les restaurants. Un ingénieur chinois né dans le Henan, fils d'un colon employé à construire le chemin de fer qui active la conquête de l'Ouest. Le gouvernement le paye plus cher pour qu'il ne retourne pas s'installer dans l'Est surpeuplé, mais qu'il participe au contraire à l'expansion démographique des Han dans la région. Partout ceux-là s'écoulent comme la boue du fleuve Jaune.

Des Ouzbeks et des Ouïgours qui m'ont pris pour un Russe d'Alma-Ata ou de Tachkent. Ils ont entendu dire que leurs frères des républiques musulmanes prennent leurs indépendances de Moscou. Eux aussi ils voudraient être indépendants et séparer le Xinjiang de la république populaire de Chine.

Un Anglais – il travaille ici – m'a expliqué que la ville est en état d'alerte. Les Chinois craignent le réveil des mouvements sécessionnistes et religieux.

Mais personne pour un renseignement sur l'almas ou les hommes sauvages.

Pourtant on les signale depuis des lustres dans le désert du Taklamakan et ses abords. Jean du Plan de Carpin, franciscain italien envoyé à la cour du khan de Mongolie par le pape Innocent IV en 1243, en donne un acompte dans son *Historia Mongolarum* : *Des hommes des bois qui ne parlent pas, qui n'ont pas de jointures aux jambes, de telle sorte que, s'ils tombent, ils ne peuvent se relever sans l'aide des autres, mais ils ont assez de discernement pour faire des feutres de laine de chameau dont ils se vêtent et qu'ils opposent au vent ; et si les Tartares les joignent et les blessent de leurs flèches, ils mettent des herbes sur leurs blessures et leur échappent**.

KARAMAY

Impossible de savoir l'heure. Dans le Xinjiang, certains alignent leurs aiguilles sur celles de Pékin, d'autres prônent un décalage de trois heures avec la capitale. La solution consiste à demander l'heure à plusieurs individus et à adopter celle de la majorité.

Du coup je ne saurai sans doute jamais dire précisément quand je suis arrivé à Karamay. En début ou en fin d'après-midi ? Peu importe : le soleil brillait encore haut, suffisamment pour prendre la mesure du panorama. Des derricks plantés sur des dizaines de kilomètres, des robots-foreurs, d'énormes cuves rouillées, des cheminées cracheuses de flammes, une ville qui s'étale comme une vaste banlieue en chantier. Un chancre industriel, un énorme bubon pétrolifère qui émerge d'une steppe crasseuse.

* *Sylvestres homines qui nullo modo loquuntur, nec in cruribus habent juncturas ; et si quando cadunt, per se surgere sinè aliorum adjutorio minimè posunt ; sed tantam discretionem habent quod faciunt filtra de lana camelorum, quibus vestiuntur, et ponunt etiam contra ventum ; et si aliqui Tartari vadunt ad eos et vulnerant eos sagittis, ponunt gramina in vulnebirus et fortiter fugiunt ante eos.* Traduit par A. T'Serstevens in *Les Précurseurs de Marco Polo*, Arthaud, 1959.

La poussière me fait cracher, les fumées me piquent les yeux, il n'y a rien d'autre à chercher ici que le cancer. Demain je remonterai vers la Dzoungarie.

BURQIN

Parti à 6 heures (heure de la majorité) dans un autocar à moitié vide. Assis près du chauffeur flatté de placer un étranger à ses côtés.

L'almas pourrait vivre au-delà de Karamay. Ne serait-ce que parce que le désert y prend des formes intéressantes : des montagnes érodées et découpées par les vents, d'étranges tourelles naturelles dressées comme autant de donjons, un soleil formidable qui se lève, énorme, orange et lourd. Quelques lieux-dits le long du trajet, imposés par l'existence d'une ou deux bicoques misérables, parfois d'une usine en briques.

En approchant du lac Fuhai, le sol redevient vert et la prairie vallonnée comme les étendues du plateau tibétain. Comme là-haut, des nomades croisent en bord de piste. A droite, des Mongols qui ont dressé un bouquet de mâts et de drapeaux à prières, à gauche, des Kazakhs, les mêmes yourtes, sans le décorum lamaïste. Tout autour, de grands troupeaux de chevaux, de moutons et de vaches, et quelques chameaux.

Le chemin n'est plus qu'un vague tracé dans l'herbe. Il grimpe encore deux cols et redescend dans une plaine de sable et de rochers, voilà Burqin, le long d'une grosse rivière aux eaux vertes.

Repérage des lieux commencé ce matin. Facile, la bourgade est modeste. Au nord, je suis allé à la pêche, en suivant un chamelier kazakh qui poussait son troupeau dans une forêt de bouleaux trempée de marécages. Curieux spectacle que de les voir patauger dans cette taïga sibérienne. Ensuite, j'ai passé des fermes rondes aux toits en coupole, sortes de répliques en torchis des yourtes de feutre, et longé le cimetière musulman jusqu'à une steppe aride. Burqin où se rencontrent la Mongolie, le Kazakhstan et la Chine, combine une curieuse variété de paysages. Si des hommes peuvent y vivre, pourquoi pas l'almas ?

Bonne question, mais pas de réponse. Les pasteurs et les habitants du cru n'ont pas la langue très vive. Ils me regardent venir un peu bizarrement et ne montrent guère d'enthousiasme à engager la conversation. Les femmes de l'auberge, qui n'ont jamais vu d'Européens, m'ont pris pour un Russe, la frontière est si proche. Quelques communautés se sont installées dans le coin après la révolution de 1917. On les appelle les "yeux verts".

Il y a peut-être un vieux contentieux entre les Caucasiens et les Altaïques.

Il y a peut-être aussi qu'ils se foutent parfaitement de mes histoires.

khun goroos = homme-animal
khun khara-goroos = homme-animal noir (nuance)

Encore traîné avec les pêcheurs. Vu leur nombre, c'est à croire que la moitié de la population mâle de Burqin n'a rien d'autre à faire que taquiner le goujon. J'ai la confirmation que la plupart d'entre eux me pensent soviétique. Visiblement ce n'est pas une nationalité qui joue en ma faveur : je dois les détromper pour les dégeler un peu.

Mais la conversation a ses limites. Je ne connais rien au dialecte local, pas un ne parle anglais, et, évidemment, pas d'interprète. Alors nous nous sommes tous concentrés sur la pêche, école de patience et de silence.

Ce soir, cinq olibrius, des Chinois et un Ouïgour, m'ont happé devant l'auberge. Nous sommes allés boire dans une gargote. Des litres d'alcool aux effluves de pharmacie. Ils sont allés charger du bois dans une forêt proche et escomptent rentrer demain à Karamay en camion. Ils m'ont proposé une place.

Nous venons de vider une dernière bouteille de vodka dans ma chambre.

Mal à la tête, le lit tangue, le stylo dérape et rate ses boucles. Dormir ou vomir. Dormir.

ÜRÜMQI

Enfin seul !

Du peu que je me souvienne, ces quatre derniers jours ont été assez énervés.

Récapitulons.

D'abord, il a fallu patienter des heures pour quitter Burqin. Une sombre histoire d'autorisations administratives. Une gueule de bois trop féroce m'a empêché de saisir tous les détails de l'imbroglio. Ensuite, Tamin, le Ouïgour qui me conduisait dans son camion, a fortement insisté pour que je passe quelques jours chez lui, en famille. J'ai accepté : un refus l'eût cruellement blessé. Après des heures de mauvaise piste nous nous sommes arrêtés dans des campements de nomades mongols et kazakhs pour acheter un mouton. Tamin s'est lancé dans des négociations de maquignon tandis que ses compagnons, des mal élevés qui n'entendent aucune des langues altaïques, se sont conduits en hooligans. L'un a grimpé sur le premier cheval qui passait au mépris de son propriétaire, l'autre a raflé les fromages qui séchaient devant une yourte, le troisième en digne émule des gardes rouges s'est mis à discourir et à hurler que les Mongols devaient rester sous domination chinoise, et le quatrième a chassé à coups de baffes les enfants curieux qui s'approchaient des camions. Des têtes à claques.

M'en suis désolidarisé au plus vite.

Quelques notions de mongol durement acquises à l'INALCO, appuyées *in situ* par la vieille *Grammaire de langue mongole écrite* de Louis Hambis*, m'ont valu un franc succès entre les yourtes. Tous se sont rassemblés pour m'entendre prononcer quelques mots dans la langue du grand Gengis et m'aider à finir mes phrases. Ils semblaient ravis et surpris que le premier étranger jamais rencontré leur montrât autant d'intérêt et ne les prît pas pour des ploucs. Ensemble, nous avons nommé le cheval, *morin*, les moutons, *qonit*, l'eau, *usun*, le fer, *tämür*, la peau, *arisun*, le grain de beauté, *mänggä*, le ciel, *tängri* et les Chinois, *canailles*.

Le lendemain, je me suis retrouvé dans la HLM de Tamin, entre sa femme, son fils et le mouton, un énorme bouc jaune enfermé dans les chiottes. Prudence en pissant, la bête était assez contrariée. On a fini par l'égorger au pied de l'immeuble et Tamin a obtenu dix yuans pour la peau.

Les jours suivants se sont mal écoulés en beuveries. Tamin, qui pèse dans les cent kilos, liquide facilement trois litres de vodka dans l'après-midi. Plus les extras quand il croise ses copains. Sa femme, désespérée, les joues brûlantes de honte, s'excusait de ses ronflements d'ivrogne et de ses manières barbares. Il me réclamait sans cesse de l'argent pour se soûler, m'oubliait à des kilomètres de chez lui dans des banlieues sans nom, disparaissait ivre au volant de son camion, et, surtout, s'obstinait à m'appeler "Staline" : j'ai commencé à me fâcher.

Au quatrième jour, las de la vie de HLM dans cette ZI de la steppe, j'ai pris mes cliques, mes claques et mon humeur déréglée et, avec la complicité de sa femme, j'ai profité de son sommeil abruti pour m'éclipser. J'avais à peine grimpé dans un bus d'ouvriers qui circulait par là qu'il apparut à ma poursuite, courant, rouge, essoufflé. Il braillait encore : "Staline ! Staline !"

Staline n'a pas répondu et s'est enfui. Il a passé une nuit tranquille et sobre dans une auberge de Karamay.

Le lendemain, une guichetière de la gare routière me vendait, par erreur, un ticket pour Ürümqi.

Agacé d'y être revenu, mais tout vaut mieux que Karamay.

Demain, cap sur Gulja à l'extrême ouest du pays.

* Louis Hambis, *Grammaire de langue mongole écrite*, Maisonneuve, 1946.

GULJA
La ville possède au moins trois noms : les autochtones l'appellent Ili ou Gulja, les Chinois l'ont rebaptisée Yining. Optons pour Gulja.

L'auberge de la vieille station routière est le centre de l'Asie du centre. J'espère y obtenir des informations centrales.

Dans cette énorme bâtisse de facture soviéto-classique, une belle architecture de dictature, tous les peuples à barbe et à Coran de la région se sont donnés rendez-vous. Au bout des couloirs sombres traînent trois générations d'Ouzbeks, de Kazakhs, de Ouïgours et de Tatars, des grands-pères bottés, des mouflets en calots, des matrones qui cachent leur argent entre deux épaisseurs de collants et qui s'accroupissent en laissant voir leurs panties, des Kirghiz en bonnets de fourrure et d'autres en chapkas de mouton noir. On y parle le russe et tous les dialectes turco-mongols, mais très peu le mandarin.

D'ailleurs, à la nuit tombée, les fils du Ciel ne sortent pas. L'un d'eux m'a confirmé qu'ils avaient peur de ces barbares toujours prompts à la bagarre, qui tiennent les rues et le marché en braillant.

En trois jours, je n'ai rien récolté qui puisse me guider sur les traces de la bête. Les natifs me tiennent plutôt des propos militants – ils voudraient vraiment débarrasser le Turkestan de ces Chinois envahissants – ou me relatent leurs traquenards amoureux dans les bosquets de peupliers. On boit beaucoup. On fume aussi. Haschich en goudron et cannabis en brins. Hier au bord de la rivière, cinq sexagénaires m'ont invité à partager leurs joints tordus, roulés dans du papier journal. Nous les avons grillés collectivement comme de vieux hippies, en riant bêtement.

Passe à ton voisin…

Trop défoncé pour rentrer à pied vers la ville, j'ai dû me faire ramener par un cheval attelé.

Gulja me plaît. La ville, tenue par les armées du tsar à la fin du siècle dernier, donne à voir le charme rare de l'influence russe. Pour cela il faut éviter la partie chinoise, ces avenues larges et longues, semblables dans toutes les villes du pays, comme chez nous, à Paris et en province, se ressemblent toutes les rues piétonnes avec leurs pavés de jardin et leurs lampadaires d'opérette, et se laisser divaguer dans les rues du vieux centre vers les bâtisses décrépies construites avant-guerre avec toute la pauvre majesté des frises de stuc, des colonnes doriques, des péristyles et des frontons soviéto-grecs.

Au-delà, le long des ruelles de terre qui mènent aux champs de maïs, aux vignes, aux melons et aux pastèques, les murs des cours et des maisons en torchis chaulé, bordés d'un tracé azur, laissent apparaître les pergolas, les fenêtres sculptées et les portes peintes de toutes les nuances de bleu, en un étonnant cousinage chromatique avec le camaïeu des isbas de Sibérie.

Et puis vibre ici une vivifiante atmosphère de crapulerie, comme dans toutes les villes frontières, celles du moins, mâles, qui s'avancent sur un pays fermé avec l'innocent et irrépressible besoin de le féconder. On importe, on exporte, on achète la police, on négocie douteux, on fraude, on monte des coups, on picole, on complote et on ricane de la loi des Chinois et des Russes. C'est le chant du bazar en poussière, libre comme le poème pathan-paki de la North West Frontier.

Les volutes du haschich
noir et poisseux
du thé
le chant du muezzin
sur les terrasses de la cour
à la tombée du jour.
Quasi-casbah.
Peshawar.

Bonne tenue du dollar au marché noir.

GULJA-KACHGAR

Deux jours de traversée épique du Tian Shan, les monts Célestes. Les voyageurs de l'autocar en déglingue me fêtent, nourrissent, abreuvent et bombardent passager d'honneur. Je suis désormais l'hôte choyé des indigènes du Turkestan, des grands-mères, des pères, des mères, des fils et des filles à marier. On chante.

Haltes joyeuses : nous dévastons en famille un champ entier de tournesols (pour les graines) ; nous nous bastonnons sainement avec des vendeurs d'ail trop rapiats ; nous dévalisons un marchand de fromages et sa fille (émeute sur le bord de la piste, à qui leur piquera le plus de crottins de chèvre) ; nous nous servons du miel d'apiculteurs par jerricans entiers ; et nous croisons d'un peu trop près un camion chargé d'ouvriers au détour d'un virage d'altitude. Bilan : les phares cassés, les pare-chocs enfoncés et un règlement de comptes général et musclé, chaque passager défendant le juste droit de son chauffeur.

Peu dormi la nuit, dans les dortoirs d'un baraquement rudimentaire posé sur un plateau herbeux où nomadisaient des Mongols. Comme d'habitude femmes et hommes dans des turnes séparées. Conversations obsessionnelles, histoires d'amour relevées de poivre et moutarde, et deux voyageurs venus de Tokkutzara, dans la vallée de l'Ili, l'un Kazakh, l'autre Ouïgour, qui me livrent leur version de l'almas, le ksy-gyik qu'ils prononcent “iek”.

LE OUÏGOUR. Il y a des ieks dans la montagne.
LE KAZAKH. Non, pas ici, mais dans le Yunnan.
LE OUÏGOUR. Si, il y en a ici, dans le Tian Shan.
LE KAZAKH. Non !
LE OUÏGOUR. Si !
LE KAZAKH. Bon, d'accord…
MOI, LE FRANÇAIS. J'aimerais pouvoir en approcher un…
LE OUÏGOUR. Non, c'est trop dangereux ! Le iek est très fort. Il peut lutter contre quatre hommes et les tuer !

MOI. Tu en as déjà vu ?
LE OUÏGOUR. Non…
MOI. Alors, comment le sais-tu ?
LE OUÏGOUR. On me l'a dit…

KACHGAR

Comme Turfan, Kachgar périt. Des milliers de colons chinois y sont envoyés pour submerger la population turque. La colonisation par le nombre, la stratégie des fourmis. Des pans entiers de la vieille ville sont en cours de destruction, pour laisser place à ces cubes de béton qui commencent à cerner le bazar et la grande mosquée. Il ne faudra plus très longtemps pour que l'une des plus fabuleuses oasis d'Asie centrale, jadis jumelle de Samarcande, dont la réputation courait autrefois les caravansérails jusqu'au Bosphore, ne soit qu'une triste cité de HLM.

Ici aussi sifflent les langues de la dissidence. Hier un jeune commerçant du bazar m'a raconté les jours d'émeutes de mai 1990 et la fermeture de la ville qui s'ensuivit. “Pendant quatre mois, Gulja, Kachgar et les oasis plus au sud ont été bouclées… L'armée a sorti son matériel lourd, comme pour une vraie guerre… Entre cinq et dix avions nous survolaient tous les jours… Ensuite il y a eu beaucoup d'arrestations. Je ne peux pas dire combien ont été tués et mis en prison. Tout ce que je sais c'est que les gens ne sont pas près d'oublier…”

Autre raison de pleurer : ils ont rasé le Chinibargh, le Jardin chinois, l'ancien consulat britannique que lady Mac Cartney, l'épouse du consul, avait aménagé il y a un siècle d'une main oisive et élégante. Il avait été transformé en un hôtel dont j'avais naguère apprécié la majesté surannée des vastes chambres. A la place a été édifié un grand bâtiment vraiment très laid, couvert de carreaux de faïence blanche qui se griseront de crasse l'année prochaine et qui s'effriteront : alors la plomberie crèvera, la moquette se décollera et les chiottes se boucheront définitivement.

Dernier affligement, non le moindre : les routards occidentaux importent et imposent sans vergogne la misère sucrée de leurs goûts plats qui s'étalent et recouvrent tout comme une flaque. D'urine. Depuis l'ouverture du col frontière de Khunjerab en mai 1986, les voyageurs sont de plus en plus nombreux à emprunter la route du Karakoram et à passer avec une facilité déconcertante du Pakistan à la Chine. Au nom d'Allah et des buveurs d'arak, fermez la porte !

Reste heureusement le marché dominical, un embouteillage d'animaux et de charrettes, de maquignons et d'artisans, de bûcherons et d'agrumiers, de nomades et de badauds, où se faufilent les troupes de Pakistanais et d'Afghans. Ceux-là écument le bazar et ratissent les étals. Ils achètent. Tout. Des vêtements et de l'électroménager, des tapis, du thé, des tissus. Le jour, ils affrètent des charrettes qu'ils chargent à bloc de caisses et de ballots et les poussent jusqu'à l'ancien Chinibargh qui leur sert de QG. La nuit, ils boivent jusqu'à mourir, ils en profitent, ils ont raison, chez eux l'alcool est péché.

Après-demain, j'irai à Tashkurgan.

TASHKURGAN

Tadjikistan. Altitude : 3 600 mètres. Capitale des vingt-six mille Tadjiks de Chine.

Le bourg, deux rues perpendiculaires, des maisons de torchis et des petits bâtiments ocre frappés au fronton d'une étoile rouge qui s'écaille, n'offre rien de remarquable sinon ces chiens musclés et vicieux, le spectacle magnifique des montagnes, l'absence de HLM coloniales, un vieux fort en ruine (Tashkurgan signifie "forteresse de pierres") et un passé de deux mille trois cents années. Dans son précis de géographie Ptolémée mentionnait déjà l'endroit comme une étape sur la route de la Chine, et, au VIIe siècle, le pèlerin Hsuan Tsang écrivait qu'il constituait le point le plus reculé de la domination des Tang.

Entre Kachgar et Tashkurgan neuf heures sans somme pour ne rien perdre du paysage (les Anglais disent avec justesse *scenery,* comme s'ils nommaient une mise en scène). D'abord, un désert de caillasses, plat. Et puis des gorges qu'on remonte le long d'une rivière large et déferlante. Enfin le plateau du Pamir que le véhicule attaque avec lenteur, humilié par les glaces qui couvrent les parois de rocs, écrasé par les sommets culminants, par les falaises rouges et noires, fracturées, cassées, repoussées, fendues par les séismes. Elles nous cernent comme un drame.

Quelques Kirghiz qui mènent de courtes caravanes de chameaux, et des yourtes parsemées sur les rives du lac Karakol.

Hier, sur le trajet, j'ai montré ma représentation du ksy-gyik, l'almas d'Asie centrale. Un Kirghiz, qui ne semblait pas s'étonner de l'image, a confirmé : des gyiks – il employait aussi le mot "almas" – vivent dans la région. Mais pas à Tashkurgan même.

Plus loin, un Tadjik dont la ferme de pierres est située loin du bourg, au pied d'une falaise, m'a donné le même avis : il y a des almas dans la montagne… Bien sûr, il n'en a jamais vu.

Ce matin, un paysan m'a invité chez lui. Pour mon plaisir, il a joué d'un instrument à archet (le *sceroup*) et nous avons élaboré un lexique franco-tadjik de base. Contrairement aux autres peuples du Xinjiang, les Tadjiks n'appartiennent pas aux mêmes familles turco-mongoles. Ils sont perses, sectateurs du chi'isme et parlent farsi. Ce qui les isole plus encore en Chine et en fait une minorité dans la minorité, regardée avec quelque condescendance par les Ouïgours.

Quant à leurs traits physiques, je ne sais s'il s'agit de l'effet d'unions consanguines répétées dans l'intimité close de leurs montagnes ou d'un caractère particulièrement marqué de l'ethnie, mais tous pointent des nez très grands encadrés de gros yeux parfois bleus, ronds, sans bride. D'ailleurs nez se dit *nodz*, comme l'anglais *nose. Big nodz.*

Ai demandé ce qu'il savait du gyik, s'il était *lehour* (grand), s'il avait des *reieb* (poils), des *ungarkt* (doigts) aux *piet* (pieds) et un *dzok* (sexe).

M'a répondu que les gyiks vivent plus loin, vers le sud, sur la frontière pakistanaise.

J'ai aussi discuté avec les deux jeunes Ouïgours qui travaillent à l'auberge. Elles parlent un anglais suffisant pour se faire entendre. Elles savent ce qu'est l'almas, elles ne savent pas s'il y en a ici ou à Kachgar, et surtout elles s'en fichent, vraiment rien à foutre, passe ton chemin l'imbécile…

KACHGAR
Dernière tentative d'obtenir une information un peu consistante, aujourd'hui, en redescendant de Tashkurgan. Je n'exige pas une thèse : je quémande une humble anecdote. J'ai exhibé pour la énième fois la reproduction du ksy-gyik (elle commence à être dans un piteux état) à deux Tadjiks.

"Z'avez déjà rencontré cet individu ?"

Les Tadjiks ont commenté l'image. Ils nomment l'almas d'un autre nom : *maïmin. Le singe.*

Puis ils m'ont regardé en faisant non de la tête. *"Maïmin Tashkurgan niet ! Niet !"*

Niet.

Niet.

Niet.

CHENGDU-LHASSA (en vol)
Semaine éprouvante. Trois jours de voyage sans arrêt le long du Taklamakan pour rejoindre Ürümqi. Deux jours de colère à Ürümqi. Lutte acharnée et haineuse dans la gare, entre marché noir et anarchie bureaucratique pour trouver un ticket de train. Visité le musée des Minorités pour me calmer. Ressorti plus énervé encore avec la claire impression que les Chinois veulent mettre tous leurs barbares sous cloche, les conserver dans du formol, les taxidermiser. Les habitats locaux sont

reconstitués en plastique, et les autochtones (Kazakhs, Mongols, Ouïgours, Tatars, etc.) moulés dans du polystyrène en une collection de momies grandeur nature. Comme s'ils étaient tous morts depuis des siècles. Manière de les tuer un peu plus vite.

Deux jours pour rejoindre Lanzhou. Nouveau combat aux guichets. Deux jours pour atteindre Chengdu. Assigné en troisième classe. Me suis infiltré en seconde. Passé la nuit assis sur un strapontin, paré à me défendre de la police qui chassait les intrus à coups de pieds et de matraque. Pas dormi. Sale et en sueur.

Arrivé à Chengdu *in extremis* pour prendre l'avion à l'aube.

Beaucoup de policiers, de militaires et de fonctionnaires chinois avec ou sans uniforme dans l'avion. Un groupe de quinquagénaires teutons ou assimilés, touristes. Quelques Tibétains épars.

Nous survolons le Kham.

Je préférais y rouler en camion.

LHASSA-KATMANDOU (en vol).

Tout à l'heure, une mini-émeute a éclaté dans les baraques de l'aéroport. Des dizaines de touristes européens et américains qui ont payé des petites fortunes au CITS – l'incontournable tour-opérateur d'Etat – pour visiter quelques temples tibétains, dûment encadrés par des guides-interprètes chinois aux connaissances fort limitées, ont été refoulés de la piste. Le CITS dont le trait de réputation principal oscille entre l'incompétence et l'escroquerie, leur avait vendu des vols qui n'existaient pas. Tous voulaient prendre l'unique avion en partance. Ils se rebellaient avec des arguments impayables. Certains disaient qu'on les attendait au bureau après-demain à Toronto, d'autres avançaient des rendez-vous urgentissimes à Boston et les derniers menaçaient leurs interprètes et la Chine tout entière de procès retentissants, tentaient de forcer les barrages en vociférant et pourchassaient dans le hall leurs guides qui se carapataient.

Les fonctionnaires aboyaient, les policiers montraient les crocs et les petits mendiants piquaient les restes de club-sandwichs sous Cellophane.

Quand la police eut examiné l'extension tripotée de mon visa qui expirait et mon billet d'avion douteusement acquis, quand elle eut constaté que je n'appartenais à aucun groupe et ne possédais nul permis de séjour au Tibet, elle me poussa vers l'avion. A défaut de place vacante en seconde classe elle m'expulsa en première.

Nous avons survolé le glacier du Rongbuk, au flanc du mont Chomolangma. L'Everest. Le territoire de la Bête, au plus haut des cieux.

KATMANDOU, NÉPAL

Descente tropicale. Je rêvais d'humidité.

Un policier débonnaire m'a accordé un visa à l'aéroport. Il m'a pris vingt dollars, dix de plus que le tarif officiel. Pour lui, une semaine de salaire. Bien.

J'ai filé directement vers Freak Street m'installer dans un hôtel modeste et propre avec une douche idéale, celle dont, en rêve, on a très précisément défini la température : exactement tiède. Ensuite je suis descendu regarder la ville, du dedans.

Freak Street : rue qui doit son nom aux freaks, ces protohippies galvanisés par les lectures emmêlées et les exégèses approximatives de Michaux, Hesse, Kerouac, Ginsberg et des autres poètes beat. Partis vers Katmandou, seuls d'abord, en tribus ensuite, à la recherche certaine d'un Shangri-La incertain. Orientalisme, mysticisme et défonce. Beaucoup n'ont pas dépassé Kaboul, et sont morts une aiguille dans le bras. Au Népal, le cannabis était légal jusqu'en 1973. Depuis, seuls les saddhus, les saints ermites disciples des gurus, ont le droit d'en fumer. Il n'y a plus de freak sur Freak Street, mais encore quelques adolescents népalais pour en proposer aux jeunes Occidentaux qui singent parfois, maladroitement, leurs aînés. Bagues d'argent, colliers de perles, air renseigné, vaguement blasé, et fond de crétinisme absolu, universel.

Thamel : comme Freak Street. Un mélange de boutiques d'artisans et de cafés-restaurants bon marché avec menus en deux ou trois versions (anglais/allemand/italien), cuisine agréable et musique de fond, Ravi Shankar et rock'n'roll. Des vieilles ruelles, des petits commerçants, des temples et des gargouilles hindouistes sur les murs. Population occidentale plus haut de gamme. Moins de néo-hippies, plus de trekkers et de touristes bon genre.

Dîner à l'étage du Yéti's Café, décoré d'empreintes imagées de l'abominable homme des neiges.

Il me faut obtenir permis de trek et extension de visa sans perte de temps, de patience et d'argent en démarches administratives. Quoi de plus simple que le bakchich ?

De l'ordre dans mes notes.

Les Occidentaux qui ont vu le yéti, avant la publication en 1960 de *Tintin au Tibet*.

1887 : colonel L. A. Waddell. (A noté des empreintes dans la neige au Sikkim.)

1906 : Henry Elwes, botaniste explorateur. (A dit l'avoir rencontré sur le versant tibétain de l'Himalaya.)

1921 : col. Howard-Bury ? (Des traces dans la région de l'Everest ? Il en doute lui-même.)

1925 : A. N. Tombazi, géographe. (A raconté avoir vu sur le glacier de Zemu, au Sikkim, un être de forme humaine, apparemment nu, “qui marchait dressé comme un homme et se baissait parfois pour déterrer des racines.”)

1936 : Ronald Kaulback. (Près du monastère de Bumthang, au Bouthan.)

1937 : sir John Hunt (Zemu Gap, Sikkim).

1948 : Jan Frostis et Aage Thorberg, membres d'une expédition norvégienne dans l'est du Népal. (Ont suivi des traces et ont été attaqués par “une énorme créature d'apparence humaine" qui a mis KO l'un d'eux avant de s'enfuir à toutes jambes. Ont aussi vu des empreintes sur le col de Zemu.)

1951 : Eric Shipton. (A photographié une empreinte longue de trente-trois centimètres et large de dix-sept sur le glacier du Menlung, dans la chaîne du Gaurisankar. Cette photo est devenue un classique.)

1952 : Edouard Wyse-Dunant. (A observé des traces dans la région de l'Everest. A évalué le poids du yéti à cent kilos et, au vu de ses empreintes à cinq doigts, pensait qu'il s'agit d'un plantigrade.)

Norman G. Dyprenfurth *(idem)*.

Ralph Izzard, qui a dirigé l'expédition de recherche du yéti du *Daily Mail*. (A photographié de nombreuses empreintes et observé une paroi de neige qu'un yéti franchissait en glissant sur le dos et en raclant la neige avec ses mains.)

1953 : John Hunt. (A entendu le cri de l'homme des neiges – un sifflement bref et perçant – dans la vallée d'Imja.)

Une expédition indienne. (A photographié un scalp dans un monastère du Khumbu – probablement celui de Pangboche.)

1954 : Jules Detrye. (Dans la région du Ganesh Himal.)

1955 : Abbé Pierre Bordet, géologue de l'expédition française du Makalu. (A croisé une suite de traces ressemblant à celles vues par Shipton. Selon MM. Berlioz et Arambourg, professeurs de mammalogie et de paléontologie au Muséum d'histoire naturelle qui ont vu ses photographies, l'animal qui laissait de telles empreintes était inconnu. Conclusion de Bordet : *Qu'il soit une variété d'ours ou de singe, il me paraît prématuré de vouloir en dire plus long sur son compte, tant que notre source d'information sera réduite à ce qu'elle est actuellement. Mais nier purement et simplement son existence ne serait ni logique, ni scientifique**.)

* Les citations de l'abbé Bordet sont extraites de "Traces du Yéti dans l'Himalaya", *Bulletin du Muséum d'histoire naturelle*, vol. LXXXVII, n° 6, 1955.

1958 : Peter Byrne, de la Slick-Johnson Himalayan Zoological Expedition, à la recherche du yéti. (A dit en avoir vu la silhouette le 12 mai, près d'une rivière, dans la vallée de l'Arun. Pensait que le yéti y venait chasser les grenouilles. A ajouté : *Les grandes espèces de yéti sont probablement en voie d'extinction. Nous n'avons découvert qu'une fois des empreintes de yéti géant, mais nous sommes souvent tombés sur des grenouilles dont les têtes avaient de toute évidence été arrachées avec les dents. Ces grenouilles sont plutôt grosses, de douze à quatorze pouces de long*. Plus tard, Byrne et son frère ont photographié la main desséchée d'un yéti supposé, conservée dans le temple du village de Pangboche.)

Godwin Spany, amateur de faune et de flore. (Dans la région de Gosainkunda. Dormait dans sa tente quant il a été réveillé par un bruit de piétinement. A vu un animal de cinq pieds de haut qui le regardait, assis sur une pierre, vingt-cinq mètres plus loin. Le temps d'appeler ses compagnons, la bête avait disparu. Le lendemain, ils virent de grandes empreintes semblables à celles des humains.)

Côté népalais, le plus médiatique des témoignages : celui de Tenzing Noray, le Sherpa qui vainquit l'Everest avec Edmund Hillary. A vu une première fois le yéti sur le glacier de Zemu en 1946, et une seconde fois en 1952 au pied de l'Everest. Son père aussi l'aurait vu deux fois.

CLASSIFICATION DU YÉTI

Plusieurs types et appellations, selon les témoignages et les chercheurs qui les ont étudiés.

Meh teh (prononcer "miti" en tibétain "mi" = homme) : créature sauvage qui ressemble à l'homme et qui vit dans les régions rocheuses. Certains disent qu'il s'attaque aux hommes. Autres noms : *Kang meh teh* (homme des glaciers) ou *Metehkangmeh* ; *Midre* (homme-ours) ; *Migö* (homme sauvage) ; *Rimi* (homme des montagnes).

Yeh-teh (ou yéti) : grand comme un enfant de quatorze ans. Autres noms : *Rakshibambo* ; *Sokpa* (mot tamang).

Dzu-teh (prononcer "chuti" ; en langue lepcha "chu" = glacier). Taille d'un ours. S'attaque aux yaks et aux hommes. Autre nom : *Nyalmo*.

Rien d'étonnant à ce que les scientifiques qui s'intéressent à la question y perdent leur tibéto-birman. Certains pensent à une survivance du *Gigantopithecus*, ancêtre de l'homme, d'autres à un singe pongidé encore inconnu, d'autres encore à des hommes sauvages. Les autres chercheurs ricanent.

Le primatologue John Napier, qui a étudié la plupart des "preuves", attribue la majeure partie des traces relevées à d'autres animaux. Il a néanmoins établi un portrait-robot de la bête.

Taille : de 1,40 m à 4 m.

Physionomie : longs cheveux qui tombent sur un visage ressemblant à celui du singe ; corps couvert de poils variant entre le roux et le noir ; épaules larges et voûtées, bras longs ; démarche le plus souvent bipède, parfois quadrupède.

Odeur : forte.

Cris : plusieurs sortes, dont un sifflement aigu.

Régime : carnivore.

Mœurs : créature nocturne.

Habitat : haute montagne*.

DIVERS

Katmandou, 22 décembre 1959. Deux Américains partis à la chasse au yéti, les frères Peter et Bryan Byrne, sont arrivés lundi à Katmandou (Népal), avec ce qu'ils pensent être la peau d'un "enfant yéti" qui leur a été vendue par un Tibétain. Cette toison d'"abominable homme des neiges" a

* *La Recherche*, n° 80, juillet-août 1977.

environ 1,20 m de long et 75 cm de large. (Dépêche *Associated Press.*)

Katmandou, 31 décembre 1959. Un alpiniste soviétique aurait été tué et mangé par le yéti au printemps dernier. Ses porteurs, qui ont relaté le drame, auraient entendu le cri du monstre et les appels désespérés de sa malheureuse victime. Aucun porteur n'a toutefois assisté au repas du yéti et son existence est mise en doute par le chef lama du monastère de Rongbuk. Il croit plutôt que l'alpiniste russe qui faisait partie d'une expédition sur l'Everest a été tué par une avalanche. (Dépêche *France-Soir.*)

Depuis 1958, le yéti est protégé par la loi népalaise, au même titre que divers animaux en voie de disparition. Il apparaît dans la carte des mammifères du Népal publiée par l'Unicef et la section népalaise du WWF.

Le premier Boeing acquis par les Royal Nepal Airlines a été baptisé *Yéti.* Ça n'est pas celui dans lequel le Tchang d'Hergé et de *Tintin au Tibet* s'est crashé. Lui, c'était la Sari Airlines.

SUR L'ORIGINE (SUPPOSÉE) DE L'EXPRESSION "ABOMINABLE HOMME DES NEIGES"

... Même à ces hauteurs il y avait des traces sur la neige, traces de lièvres et de renards pour la plupart. L'une de ces empreintes ressemblait fortement à celle d'un pied humain et nous intrigua fortement. Les coolies admirent immédiatement que "l'homme sauvage des neiges", qu'ils appelaient Metohkangmi, *avait passé par là, cet "abominable homme des neiges" auquel les journaux s'intéressèrent si fort. A mon retour dans le monde civilisé, j'ai lu avec intérêt le délicieux exposé des manières et des mœurs de cet homme sauvage que nous avions, paraît-il, rencontré. Ces empreintes, qui avaient provoqué tant de commentaires, étaient probablement celles*

d'un énorme loup gris qui, bondissant dans la neige molle, doublait ses traces, ce qui produisait un effet analogue à celui qu'eût produit la marche d'un homme pieds nus. Pourtant, le Thibet n'est pas le seul pays où existent des ogres. Au Thibet, l'ogre prend la forme d'un homme chevelu, qui vit dans les neiges, et l'on effraie les enfants méchants et désobéissants en leur contant de terribles contes de fées qui concernent cet homme sauvage. Pour lui échapper on doit descendre les collines en courant ; alors les cheveux de l'homme sauvage lui tombent devant les yeux et l'empêchent de voir. Les Thibétains ont des quantités d'histoires de cette espèce qui portent la terreur dans l'âme des vilains enfants...*

LES SCEPTIQUES
Edmund Hillary**,

A propos de la fameuse photo d'une trace prise par Eric Shipton :

... J'étais obligé d'admettre que cette photo était superbe – l'empreinte de pas était fraîche et nette, même si les autres tout autour se révélaient plus indistinctes, un peu effacées. Connaissant le côté cynique de Shipton, j'avais le sentiment qu'il était très capable d'avoir un peu nettoyé cette empreinte, juste pour s'amuser... !

A propos des dépouilles de yéti :

...Un jour, on nous annonça qu'il y avait au village une peau de yéti, possession précieuse d'un moine et de sa femme [...]. Il fallut beaucoup de persuasion et de sordides tintements de roupies pour que l'objet fût à nous. C'était un beau spécimen du très rare ours bleu du Tibet – du moins c'était notre opinion, mais tous nos sherpas nous affirmèrent immédiatement qu'il s'agissait d'un yéti, et aucun de nos arguments ne put les faire changer d'opinion...

* Colonel Howard-Bury, *A la Conquête de l'Everest*, Payot, 1923.
** Edmund Hillary, *Qui ne risque rien n'a rien*, Buchet-Chastel, 1978.

A propos des empreintes, quand il ne s'agit pas de celles de n'importe quel animal déformées par le ramollissement de la neige au soleil : ... *Nous avions découvert avec intérêt que beaucoup des descriptions locales de traces de yéti signalaient un gros orteil perpendiculaire à l'axe du pied, ou même parfois situé à côté du talon. Cela paraissait difficile à expliquer jusqu'au jour où l'un de nous photographia un porteur népalais dont les pieds étaient déformés de la sorte...*

A propos de la région de l'Everest, sanctuaire du yéti :

L'abbé Bordet : *[...] fait curieux, la carte indienne de l'Himalaya désigne la région de l'Everest sous le nom de Mahalangur Himal (la montagne des grands singes). Or aucun singe n'y est connu ; cette dénomination fait peut-être allusion au yéti, qui en serait un hôte caractéristique aux yeux des habitants ...*

Pour le tibétologue Peter Aufschaiter, ce nom de Mahalangur Himal a été inventé par les topographes quand, dans les années vingt, ils commencèrent à cartographier le Népal.

Permis réglé après trois vaines tentatives dans des agences de trek qui ont plus ou moins mal accueilli ma demande. Quand on leur propose de régler une affaire de la main à la main, simplement, humainement, *chairement,* les employés népalais s'offusquent maintenant d'être traités avec ce qu'ils considèrent être une méprisante désinvolture que les étrangers du monde riche réservent aux bougres des pays pauvres. Ici, vous répondent-ils en substance et en rage, nous n'acceptons pas les bakchichs : nous ne sommes pas des sauvages. Soit. S'ils préfèrent s'enfermer dans les carcans des règles administratives qu'ils nous copient, courber l'échine devant des fonctionnaires anonymes et perdre toute dignité à remplir des formulaires qui vous assignent un numéro avant même de vous demander votre nom, grand bien leur fasse.

Un serveur du Mona Lisa, un petit restaurant de Freak Street, m'a livré une drôle d'histoire. Ce jeune homme de vingt ans qui appartient à la caste supérieure des Brahmins est originaire de Pokhara, la deuxième ville du pays à l'ouest de Katmandou. Etudiant – il s'affaire au Mona Lisa pour gagner quelque argent – il est issu d'une famille d'agriculteurs et c'est à la campagne qu'il a été élevé. "J'habitais dans une zone de forêt dense, me dit-il. Plusieurs fois, en conduisant les buffles dans les clairières, il m'est arrivé de rencontrer des êtres étranges. Etait-ce des hommes, des singes ? Je n'avais pas très peur mais j'ai posé des questions à mes parents. Ils m'ont dit que c'était des Banmacché, des hommes sauvages de la forêt. Ils mesuraient un mètre de haut pour trois pieds de large..."

C'est la deuxième fois qu'un témoignage direct sur les Banmacché, "les hommes des bois", m'est relaté.

La première, je m'en souviens, c'était en été, au-delà de Manali, sur la piste de Leh entre Ladakh et Zanskar, dans l'Himalaya indien. La vieille jeep avait cassé en chemin, il avait fallu attendre plusieurs heures un secours technique. Patientant dans les rochers, je vis une cabane sur une plate-forme naturelle. Elle était occupée par un saddhu, un ermite aux tresses épaisses et emmêlées, vêtu d'un simple pagne safran. Nous avons parlé. Il possédait bien l'anglais. Un Népalais. Il avait été guide de haute montagne à l'institut de Darjeeling que dirigeait Tenzing Noray. Il avait participé à de nombreuses expéditions internationales dans tout l'Himalaya avant de laisser tomber la vanité des conquêtes au profit de la sérénité méditative. Il était l'élève d'un guru qui voyageait dans le sud de l'Inde. Tous deux communiquaient par télépathie. Il avait trente-neuf ans, et ne vivait désormais que des dons et des offrandes que lui montaient les habitants des vallées. Il était mince, pas maigre.

Je lui avais posé une question légère sur le yéti. L'avait-il vu ?

Il m'avait rendu une réponse détaillée : "Ce que vous, les Occidentaux, croyez être les yétis sont en fait les hommes de la forêt. Il y en a trois groupes au Népal. Les Kusundâ, qui ont la peau jaune, les Raute qui ont la peau noire, et les Banmacché. Ils vivent loin des autres hommes à l'est et à l'ouest de Katmandou. Ils ne parlent pas. Parfois quand ils ne trouvent pas de nourriture dans la forêt, ils s'approchent des villages. Les gens déposent un peu de nourriture tout autour, et ils viennent la chercher…"

Le saddhu n'inventait rien. Ses descriptions n'étaient pas si fantaisistes. Je les ai recoupées à Meudon, au Laboratoire d'études himalayennes du CNRS.

SUR LES KUSUNDÂ

Nous devons la première mention scientifique des Kusundâ, appelés aussi Ban Rajas – *rois de la forêt* – à Brian Hodgson. En 1848, il les décrivait comme une peuplade nomade qui vivait de la chasse à l'arc : *In short, they are altogether as near to what is usually called the state of nature as anything in human shape can be**.

Plus tard, Hodgson, qui a connu quelques problèmes lors de ses périples chez les groupes primitifs du Népal, est passé dans une littérature journalistique composée d'à-peu-près pour le premier Occidental à s'être fait attaquer par un yéti.

Un siècle s'écoula avant une nouvelle description des Ban Rajas – brève et vague celle-là – dans un ouvrage méconnu du yogi Narhari Nath** qui n'indique pas si l'auteur s'est trouvé en contact avec eux. De même les notes de René von Nebesky-Wojtowitz,

* *Cf.* Johan Reinhard in *Journal of the Institute of Nepal and Asian Studies (INAS)*, Tribhuvan University. Contribution to Nepalese Studies, vol. IV, n° 1, décembre 1976.

** *Itihâs Prakâs - History publication*, n° 2, 1955.

publiées après sa mort en 1959 et écrites à partir de renseignements de seconde main.

En 1968, Johan Reinhard visite un groupe de Kusundâ en voie de sédentarisation. Il les trouve au centre du Népal, près de Gorkhâ. *Je découvris que le terme "Kusundâ", pour les habitants du village, désignait n'importe quel groupement vivant dans la forêt et s'adonnant à la chasse....*

Il ne reste plus en vie aujourd'hui que quelques groupes...

Physiquement, les Kusundâ offrent un aspect complexe, les différences étant grandes parmi les quelques membres survivants, je ne tenterai aucunement ici d'en établir la caractérisation raciale...*

Selon Reinhard, ils vivaient dans des abris de feuilles ou dans des grottes et subsistaient traditionnellement de la chasse, de la cueillette des plantes sauvages et des aumônes recueillies dans les villages. Reinhard note aussi que d'après leurs propres légendes, les Kusundâ descendent d'une haute caste. Leur langue emprunte des mots au népali, d'autres au groupe tibéto-birman, mais rien n'est certain quant à son appartenance à l'un des grands groupes linguistiques du sous-continent indien.

Enfin, la réputation de leur isolement a provoqué quelques glissements sémantiques intéressants : ainsi, dans certains endroits du Népal, un homme qui n'écoute pas les conseils et se conduit avec rudesse peut être appelé Kusundâ. Et de l'asocial au complet sauvage catalyseur de toutes les peurs, ce n'est plus d'un vulgaire décalage de sens qu'il s'agit, mais d'un dérapage plein d'effroi. *Il y a beaucoup d'histoires racontées par les villageois sur les Ban Rajas, dont quelques-unes semblent dues à la confusion qu'ils font de penser que les Ban Rajas sont semblables au célèbre yéti. Dans le centre du Népal,*

* Les résultats de ses recherches ont été publiées dans *Objets et Mondes*, la revue du musée de l'Homme, Muséum d'histoire naturelle, tome IX, fasc. 1, printemps 1969.

spécialement, on m'a raconté que les Kusundâ vivaient dans les hautes montagnes, étaient couverts de poils, tuaient les gens, et ainsi de suite.*

SUR LES RAUTE (PRONONCEZ "RA-O-TÉ")

En 1972, Dor Bahadur Bista a enquêté dans la région des Raute, près de Surkhet, ouest de Katmandou, et publié ses résultats dans les pages de *Kaïlash.* Lorsqu'il les vit la première fois, les Raute lui semblèrent si sauvages qu'il en décrit l'apparition comme s'il venait de croiser le yéti : *The way they stopped in the middle of the trail, the movement of their heads and the way they trailed off the main track, walking fast up-hill, where there was no apparent trail, reminded me of wild game in the hill forest when they smell people...*

Leur manière de s'arrêter au milieu de la piste, de remuer la tête, de s'enfuir en grimpant les pentes et de se frayer un chemin là où il n'en existe apparemment pas me rappelait celle des animaux sauvages des forêts de montagne lorsqu'ils flairent les hommes.

Voici librement récrit, sans ordre, ce qu'il en a dit.

Les villageois ont peur des Raute.
Car ils jouiraient de ces pouvoirs
magiques par lesquels sans raté
ils capturent les singes rouges et noirs
et parfois les femmes égarées
au plus profond de la forêt.
Et quand leurs dieux le leur demandent
ils saisissent aussi leurs petits
pour les enterrer en offrandes :
les enfants calment l'appétit.
Car nombreux sont dans les villages
ceux qui déclarent que de leurs mains
ces Raute du fond des âges
naguère sacrifiaient des humains.

* *Cf. Journal of the Institute of Nepal and Asian Studies.*

Mais ils disent cela vaguement :
ils ne savent pas exactement.
Les rumeurs font aussi savoir
qu'aux eaux de la rivière qui passe
un Raute ne va pas boire.
Il creusera même s'il est las
avec ses ongles un réservoir,
ou cherchera d'une dernière course
à se satisfaire à la source
afin de fermement garder
son esprit fort, toujours solide
au contraire de l'eau regardée
qui coule, s'échappe, s'enfuit, si fluide.
Les villageois lui prêtent enfin
ces quelques traits de caractère
qui marqueront comme marque le fer
le Raute jusqu'à la fin :
il ne rit pas, il manque d'humour,
jamais bavard, toujours à part,
il ne sait pas les mots d'amour,
se livre au troc et s'en repart
retourne la nuit au camp des siens
effarouché, sale comme un chien.
Ainsi, toi, muet villageois
si tu te montres solitaire,
orgueilleux, sans jeu, fier, sans joie ;
si de la foule tu t'es ôté,
tes propres frères, ta propre terre
te nommeront : "Le Raute".

DIVERS

D'après Reinhard, Raute veut dire "gens de la forêt", en opposition au "Duniya", "citoyen sous le contrôle de quelqu'un".

Les Raute ne traversent jamais la basse chaîne de l'Himalaya mais vivent assez bas.

Ils parlent une langue tibéto-birmane.

SUR LES BANMACCHÉ
Une description de l'historien népalais Yogi Naraharinath, cité par le professeur Harka Gurung in *Yeti the Abominable Snowman* :

Le Banmacché, ou homme de la jungle, vit dans les forêts denses et les grottes ou les rochers. Noir de couleur et petit de taille, cet homme primitif ne porte pas de vêtement et se nourrit de racines, de fruits et de légumes. Ses bras sont plus longs que ses jambes. Il a la nuque courte. Il ne mange pas de viande. Il ne fait de mal à personne. Il vit avec sa femelle et ne possède qu'un petit.

Plus tard, en 1968, Yogi Naraharinath dira qu'il a vu un vrai yéti alors qu'il se trouvait en pèlerinage sur les pentes sacrées du mont Kaïlash, dans le Tibet chinois.

Voilà : les sauvages de la forêt ne sont ni des singes, ni des ours, encore moins des yétis. Mais que conclure de ces patientes recherches, sinon de tristes banalités tragiquement universelles : les hommes des bois sont gens qui échappent encore au contrôle social et administratif des sédentaires, et qui, sans le savoir, provoquent ainsi dans l'esprit de ces derniers une grande confusion de sentiments où se mêlent peur, consternation, sourde nostalgie et envie de meurtre. Ils ne réclament pourtant qu'une chose, si simple et trop compliquée : la paix. Mais ils sont la preuve survivante qu'il y a peu encore l'homme courait la nature comme la bête. Pour tout cela et bien d'autres vérités, on les tuera jusqu'au dernier avec toute la rage que l'on met à chasser les mauvais souvenirs.

Récupéré ce matin mon permis de trek, une feuille cartonnée rose que la police peut exiger aux check-points. L'une de celles qu'un jour futur, pas si lointain sans doute, tout Kusundâ, Raute ou Banmacché survivant se verra obligé de posséder pour arpenter sa terre nourricière. Tremblez, sauvages à poils, la bureaucratie vous mangera tout crus. A moi, elle donne le droit de marcher un mois dans le Solu-Khumbu, la région de l'Everest.

Acheté un ticket de car pour Jiri, la première étape. Départ demain à 6 heures.

Inspection de quelques librairies, très bien fournies en ouvrages ethnographiques. Tombé sur *People of Nepal*, un livre d'une belle érudition de Dor Bahadur Bista*. Il ne resterait aujourd'hui selon lui que quelques douzaines de Kusundâ, au sud de Gorkha dans le district de Tanhu, et moins de deux cents Raute. Le serveur du Mona Lisa est vraisemblablement l'un des derniers témoins des hommes de la forêt. Dans quelques années ils deviendront aussi mythiques que le yéti. Les apparitions épisodiques d'éventuels rescapés feront les gros titres des journaux, des expéditions partiront à leur recherche, Hollywood en fera des films.

Après-midi avec René de Milleville, expert ès Népal.

Dans des bulletins de l'Association France-Népal**, il a raconté avec force détails l'histoire de Lakpa Domani, une bergère sherpani de quinze ans agressée par un yéti en juillet 1974, alors qu'elle gardait ses yaks dans une haute vallée du Khumbu. Le yéti l'a saisie, jetée dans un torrent et a tué deux yaks et un jeune veau en leur tordant le cou par les cornes. A plat ventre sur la rive, faisant la morte, Lakpa a observé le carnage pendant plus d'une heure. La bête a dévoré le foie des yaks et partiellement déchiqueté le veau. Redescendue tremblante au village de Khumjung, la Sherpani s'est soumise le jour même à l'exorcisme d'un lama dépêché d'un village voisin. Elle fit également une déposition au poste de police de Namche Bazar. Les policiers se rendirent sur les lieux de l'attaque, l'alpage de Macherma où ils découvrirent les cadavres des yaks et des traces dans la terre. Milleville a rencontré Lakpa trois mois plus tard, sur ce même pâturage. Elle lui a donné description de son agresseur : silhouette humaine ; un mètre cinquante environ ; légèrement courbé ; trapu et massif ; bras énormes ; mains très longues avec petits pouces ; jambes courtes et arquées ; pas de queue ; poils brun-roux tirant vers le noir au bas du corps ; tête pointue, petits yeux enfoncés ; arcade sourcillère proéminante ; grand nez plat ; bouche noire sans lèvres apparentes ; dents "comme celles de l'homme, mais de chaque côté deux grandes dents pointues et longues".

Une ressemblance frappante avec l'image du ksygyik de Dzoungarie.

René de Milleville habite à proche distance de l'ambassade de France, derrière une grande maison protégée de la poussière et du bourdonnement incessant de Katmandou. Il s'est installé au Népal après une carrière internationale à Air France et trente années de treks réguliers dans les Himalayas. Il rentre d'un séjour au Tibet. Boussole et altimètre en main il a parcouru le chemin qui sépare Katmandou de Lhassa pour en examiner les courbes et les reliefs, en compter les bornes et reporter les informations sur les cartes anciennes et parcellaires qu'il a réunies avant de prendre la route. Le résultat donnera la carte exacte du toit du monde que lui réclame un éditeur anglais et que veut aussi l'administration du tourisme chinois.

Milleville touche aussi à la botanique. Il a répertorié et photographié plus de cent cinquante sortes d'orchidées pour le compte d'universitaires népalais et il s'est aussi attaqué aux rhododendrons. Il a acquis sa première expérience de la montagne népalaise avec un groupe du Club Alpin, en 1962, bien avant que les hordes touristiques ne se rassemblent en files sur les sentiers. Depuis, il a sillonné toutes les vallées. Il avoue ne connaître moins bien – tout est relatif – que l'ouest du pays.

* Ed. Ratna Pustak Bhandar, Katmandou, 1987.
** N° 9 à 12, 1979-1980.

A PROPOS DU YÉTI

"En 1962, dans le Langtang, j'ai vu des traces dans la neige. Le terrain était dégagé, avec quelques buissons. La forêt ne se trouvait pas loin, une centaine de mètres au-dessous. Le soleil avait déjà un peu déformé les empreintes. J'ai d'abord pensé à un léopard des neiges, mais ces traces dessinaient un parcours trop zigzagant. J'ai écarté cette hypothèse, sans toutefois définitivement conclure à la présence d'un yéti."

Selon René de Milleville le yéti serait un animal de la forêt, un singe pongidé adapté à la très haute montagne. Peut vivre entre 3 500 et 4 000 mètres d'altitude. Végétarien (on n'a jamais retrouvé d'excréments). Farouche. "Les sherpas qui en témoignent disent l'avoir aperçu à l'orée des bois. Au moindre mouvement il disparaissait."

Témoignages nombreux dans le Rowaling et la vallée de Gokyo jusqu'au début des années soixante-dix. Mais le trekking de masse a fait fuir la faune. Par exemple la dernière photo de loup date de 1972, alors que ces animaux bénéficiaient d'un environnement favorable à Gokyo. Les léopards des neiges ont aussi disparu. Depuis 1976, on voit des chacals dans le Khumbu. Ils y étaient inconnus auparavant. Ils y viennent depuis que leurs ennemis, le loup et le léopard, ont déserté la région.

AUTRES HISTOIRES, LIVRÉES PAR MILLEVILLE

En 1975, un Sherpa de la vallée de Gokyo qui coupait du bois vit une forme près de la rivière qui buvait avec la main (il attendait les grenouilles ?). Cette forme lui tournait le dos. Le sherpa s'approcha, il la frappa avec son outil et décampa aussitôt. Rentré à Khumjung, il jeta son outil devenu porte-malheur.

Des poils ont été récupérés sur l'instrument. Roux, longs, qui ressemblent à ceux de l'orang-outang. Ils ont été analysés au Muséum d'histoire naturelle de Paris en 1976-1977. Mais les études n'ont jamais été poussées, les scientifiques restant sceptiques.

Dernier témoignage en date. En 1980, au Sikkim, dans la région du mont Kanchenjunga. Un garde national a été attaqué par un homme armé d'une branche. Il s'est enfui pour échapper à son agresseur. Quand il est revenu sur les lieux, il a trouvé deux yaks tués dont l'un avait été traîné sur cent mètres.

Et Lakhpa Domani ? "Elle est tombée dans une dépression nerveuse après cette histoire. Sa mère m'a dit qu'elle a mis plus de six mois à se remettre du choc..."

En quittant René de Milleville, j'ai fait un saut à l'Himalayan Booksellers. Acheté quatre petits livres de contes locaux sur le yéti.

A deux pas de l'hôtel, j'ai loué un bidon et un sac de couchage léger et compact. C'est un vieux Tibétain qui tient ce magasin où se revend le matériel usagé des expéditions et des treks. Il est réfugié, fuyard de l'Amdo.

KATMANDOU-JIRI

Quelques heures de bus surchargé à une altitude de 2 500 mètres. Une bonne route qui traverse des villages d'ethnies et de castes diverses (Chhettris, Brahmanes et Tamangs) et longe la rivière Sune Khosi. Paysage encore tropical, forêt et cultures en terrasses. Jiri est la dernière bourgade accessible par véhicule. Ses maisons de bois terminent la route en cul-de-sac. Pour les porteurs et leur sirdar, c'est le dernier point de ravitaillement et de commandes de livraisons auprès des commerçants.

JIRI-BHANDAR

Ici commence le sentier et la longue marche, qui grimpe en forêt et redescend dans la vallée de la rivière Khimti. Beaucoup de porteurs, hommes, femmes et enfants, le dos chargé d'un bric-à-brac invraisemblable, pliés sous la lourde complainte du progrès amassée dans ces paniers tressés. Des touristes aussi, nombreux, harnachés dernier cri, marqués, labellisés, attentats au bon goût, terroristes des rétines. Me demandent où je vais, avec mes chaussures basses qui rendent l'âme et ma vieille musette en bandoulière gonflée de documents. Pas le temps de leur expliquer. Je les double.

Région du Solu, 2 000 à 3 000 mètres d'altitude. Verdoyante. Traversée de plusieurs hameaux. Apparaissent les premiers murs de Mani ces amas de pierre sculptés de refrains religieux qu'il faut longer par la gauche. Répéter *Om Mani Padme Hum... Om Mani Padme Hum... Om Mani Padme Hum...* jusqu'à ce que le corps en vibre et que se réveillent les dieux qui s'y tapissent. Terre bouddhiste...

Marche rapide et légère, sans ampoule ni courbature. Ni pensée.

Bon dîner et nuit dans un *lodge*.

BHANDAR-SAGAR

Traversée de la rivière Likhu sur un pont suspendu, qui a remplacé l'ancien pont de lianes. Un marchand de thé m'apprend qu'en 1963, douze porteurs de l'expédition américaine de l'Everest y périrent.

Divers villages d'ethnies Newar et Magar.

A Kenja, deux policiers ont émergé d'une cabane. Ils ont visé les permis de marche de quelques trekkers. Pas le mien, d'une douteuse régularité.

A partir de Sagar, on entre en territoire sherpa. Ce hameau bénéficie d'une école fondée par l'Himalayan Trust, la fondation d'Edmund Hillary vouée au développement des Sherpas qui a essaimé ses activités dans tout le Solu Khumbu.

Questionné quelques porteurs, au hasard des haltes-thé. Plus ils parlent anglais, moins ils croient au yéti.

En revanche, ils me demandent ce que j'écris et pourquoi j'écris, là, toujours, assis au pied d'un roc humide. La Bible. L'Ecclésiastique (XXXVIII, 25).

La sagesse du scribe s'acquiert aux heures de loisir
et celui qui est libre d'affaires devient sage.

Et puis :

Il scrute la sagesse de tous les anciens,
il consacre ses loisirs aux prophéties.
Il conserve les récits des hommes célèbres,
il pénètre dans les détours des paraboles.
Il cherche le sens caché des proverbes,
il se complaît aux secrets des paraboles.
[...]
Beaucoup vanteront son intelligence
et jamais on ne l'oubliera.
[...]
S'il vit longtemps son nom sera plus glorieux que mille autres,
et s'il meurt cela lui suffit. (XXXIX.)

SAGAR-JUNBESI

Passage du col de Lamjura à 3 530 mètres et traversée des forêts de rhododendrons. Beaucoup de traces de Reebok et d'Adidas sur le sentier. Aucune empreinte de yéti.

Arrivé assez tôt à Junbesi, gros village. A proximité se trouve le grand monastère lamaïste de Thubten Chhuling fondé par Tushi Rimpoche, un lama tibétain venu de la lamasserie de Rongbuk, de l'autre côté de la frontière chinoise. Il est occupé par trois cents moines et nonnes sherpas et tibétains très actifs. L'un d'eux a examiné mes images du yéti. Son regard s'est égaré. Je n'ai pas compris ce qu'il essayait de me dire. Ou de ne pas me dire.

Un crochet dans la forêt avant de rentrer au village. Assis sur la mousse, j'écris en tendant l'oreille. J'attends un craquement de branche, un sifflement, une odeur d'ail, une ombre de deux mètres. J'attends le yéti. S'il ne vient pas avant la nuit, je hurlerai son nom.

JUNBESI-JUBING

La piste devient plus dure. Dans ces environs, les Sherpas ont réussi à planter des pommeraies particulièrement productives. D'autres ont créé une fromagerie (sous impulsion suisse, je crois). L'Everest apparaît subitement au tournant d'un sentier. On ne sait trop comment le regarder. On est surpris, on n'a pas eu le temps d'y réfléchir. Alors on le voit comme on contemple la tour Eiffel ou la statue de la Liberté, l'esprit en appelant immanquablement au souvenir des images de cartes postales que l'on a eu cent fois sous les yeux... C'est idiot, c'est terrible, la découverte est impossible.

Peu d'habitants sur ce tronçon, sinon ceux du très beau et très paisible monastère sherpa de Trashkindo.

Soirée et nuit dans une maison de Jubing, un village d'ethnie Raï fleuri et soigné, joli comme un jardin anglais. Comme les Sherpas, les Raïs sont de type mongoloïde et parlent une langue du groupe tibéto-birman. Mais ils ont une culture à part et pratiquent une religion propre qui n'est ni bouddhiste ni hindouiste. A l'instar des Magars et des Gurungs, ils fournissent traditionnellement les fameux bataillons Gurkhas des armées britannique et indienne. Un ancien combattant a essayé de réparer mes chaussures expirantes. Il a planté des clous dans les semelles. Elles me blessent.

Au *lodge*, un porteur m'a raconté une histoire de yétis : c'était il y a longtemps, une bande de yétis vivait près d'un village. Curieux, chaque jour, ils s'en approchaient pour épier les villageois. Ils les observaient constamment et les imitaient en tout. Lassés d'être ainsi espionnés, les hommes voulurent s'en débarrasser. Un soir ils se réunirent dans un champ où ils apportèrent de grands tonneaux de chang. Là, ils firent semblant de boire beaucoup d'alcool et de se battre entre eux, au couteau. Puis ils quittèrent le champ en y laissant les tonneaux pleins de bière et les couteaux à terre. La nuit venue, les yétis envahirent l'endroit et se mirent à boire à leur tour. Ils s'enivrèrent, et, titubants, se saisirent des couteaux et s'entretuèrent.

J'ai lu différentes variantes de cette histoire dans les contes que j'ai achetés à Katmandou. Apparemment, elle est fameuse. Aussi réaliste qu'universelle. On a pu la vérifier dans les réserves indiennes d'Amérique, où l'alcool a achevé ces indigènes que Custer, débordé, a dû laisser vivre. De nos écrans de télévision, on peut aussi la constater à South Central, Los Angeles, où ces Noirs qui voudraient consommer comme les Blancs s'implosent au crack et s'entretuent. *Idem* à Port Moresby, Nouvelle-Guinée, au Chaudron, île de La Réunion, à Kingston, Jamaïque, à Moscou, Russie, en banlieue, France. Bientôt, sans exagération. Partout, face au spectacle des nantis qui les ont dépossédés, les laissés-pour-compte boivent, sniffent, vodka, seringue, kil de rouge, pour oublier qu'ils n'auront jamais le droit de grimper les gradins. Condamnés à rester en bas, dans l'arène, entre fauves. Je t'aime, je te veux, je te hais, je te mange.

JUBING-PUIYAN
Progression plus ardue. Longé le canyon de la rivière Dudh Khosi et marché au bord de précipices vertigineux. Toujours suivre le sentier principal. Ne pas tenter de se frayer une voie dans les forêts à flanc de montagne pour espérer trouver un raccourci.

Pas un bruit humain.

Il est bien d'être seul.

PHAKDING-NAMCHE BAZAR
Passage près de la petite piste aérienne de Lukla. Une merveille de technique simple et d'audace. Une terrasse en lisière de précipice. Deux avions s'y sont déjà crashés.

Croisé une drôle de bande, qui descendait dans l'autre sens. Une trentaine d'hommes sans bagages, vêtus de vêtements de travail usés, bleu et vert, comme ceux des paysans chinois. Nous avons bavardé. Des Tibétains qui venaient de s'enfuir. Ils avaient traversé les cols et risqué les patrouilles frontalières. Ils partaient s'exiler à Katmandou. Les adieux furent longs. Tous, l'un après l'autre, ont tenu à me saluer. *Tseren ! Tseren ! Tseren ! Tseren ! Tseren ! Tseren ! Tseren ! TSEREN !*

NAMCHE BAZAR
La capitale sherpa, en haut du Khumbu, sise à 3 440 mètres. Arrivé hier à la tombée du soir.

Grosse activité. Des porteurs qui vaquent en tous sens, des paysans qui poussent leurs yaks, des boutiques, des marchés de rue, beaucoup de touristes aux balcons des auberges et des expéditions qui campent. Echanges, troc et commerce de matériel de montagne. Ici on dit que l'argent vient de l'Everest.

KHUMJUNG
De la rocaille sous un ciel gris et froid. Pas d'arbre. Pas d'herbe. Khumjung est un village de fermes encloses, rugueuses, à 4 000 mètres d'altitude. En y entrant, je n'ai vu personne le long des murs de pierres. Un vieil homme en anorak rouge est apparu au seuil de sa cour. Il m'a invité à m'installer chez lui. Sa servante m'a préparé du thé et donné un lit à l'étage, au fond d'une pièce très sombre qui sent le beurre de yak. Mon hôte se nomme Ongcho Lama et il prie souvent dans son propre petit temple, aménagé dans la maison. Nous communiquons par des gestes essentiels et simples. Facile.

Ce matin, j'ai foncé au temple du village, une vieille construction aussi modeste que les habitations. Je n'y ai trouvé que trois femmes et un homme rigolard affairé à de menus travaux de rangement. A ma demande, il a sorti le scalp du yéti d'une urne fermée à clef. LE SCALP.

Le même qui a inspiré Hergé, celui qui a été analysé à Boston, Londres et Paris, qui a nourri la yétimania. La sainte relique du culte.

Un pauvre cône de peau dure et épaisse, couvert de poils secs bruns, gris et roux, pelé en son sommet. Le gardien m'a laissé l'examiner. Puis, pour jouer, me l'a mis sur la tête. Les femmes se gondolaient.

Je leur ai montré l'image du ksy-gyik de Dzoungarie. Ça les a effrayées. L'une d'elles y jetait un œil furtif et se cachait le visage dans les mains. Elles m'ont dit que c'était le yéti, qu'il était terrifiant, et qu'il n'y avait pas de quoi en rire.

Ensuite, en déjeunant dans la seule auberge, je suis tombé sur deux ouvrages laissés sur une table à la disposition des étrangers de passage. Deux bouquins un peu défraîchis, des thèses d'ethnologues qui se sont penchés sur l'histoire et la généalogie des Sherpas de Khumjung : *The Sherpas transformed. Social Changes in a buddhist society of Nepal* de Christoph von Fürer-Haimendrof* et *Sherpas. Reflections on change in Himalayan Nepal* de James F. Fisher**.

A croire qu'une main prévenue les a posés là exprès pour moi : ils renferment tous les détails de l'affaire du scalp.

Quand, en 1960, Edmund Hillary, lancé dans l'expédition de la World Book Encyclopaedia, eut vent de l'existence de cette calotte, il voulut l'emporter en Occident pour la faire analyser. Il négocia avec les habitants de Khumjung qui ne voulaient pas laisser partir leur relique sans contrepartie ni garantie. Il leur proposa d'abord du cash et une donation pour refaire le toit du temple.

Mais Ongcho Lama (qui, je l'apprends au passage, n'est autre que l'homme chez qui je loge), seul Sherpa lettré de la région – il savait écrire le népali – donc homme respecté du village, considéra qu'il

* Sterling Publisher PVT, 1984.
** Oxford University Press, 1990.

valait mieux éduquer les jeunes de la région. Il rédigea une pétition qui demandait une école pour la quarantaine d'enfants de Khumjung en âge scolaire. Il la fit signer de leurs parents qui y apposèrent l'empreinte de leur pouce et envoya son fils Khalden la porter dans un village voisin en attendant le retour d'Hillary.

L'alpiniste donna son accord. On lui prêta le scalp et il prit Khalden sous son aile. Il l'emmena à Katmandou, au pensionnat jésuite du père Moran. Aujourd'hui, le premier enfant scolarisé de Khumjung est devenu le patron comblé de STS, l'une des plus fameuses agences de trekking de Katmandou. Il a fait construire un grand hôtel à Lukla pour deux cent mille dollars et contribue financièrement à l'amélioration des conditions de vie en pays sherpa et à l'entretien des édifices religieux.

A la suite de cette transaction, un scalp de yéti contre une école, Edmund Hillary reçut d'autres demandes et leva les fonds de l'Himalayan Trust avec la participation des gouvernements canadien, néo-zélandais et du World Book Encyclopaedia. Depuis 1961, il a ainsi bâti plus de vingt écoles en pays sherpa. Toutes conçues sur le modèle de celle de Khumjung : un toit d'aluminium avec des fenêtres en plastique pour laisser passer le jour ; pas d'électricité, comme dans la plupart des autres écoles du pays ; des professeurs mieux payés et plus qualifiés que dans le reste du Népal, et un meilleur équipement en livres et en matériel.

Très fier d'habiter chez l'un des protagonistes de cette histoire, je suis allé le retrouver près de sa cheminée. Il est toujours curieux de se retrouver face à un homme dont on a lu des bribes de vie dans les livres. Toutes mesures gardées, on l'aborde avec les sentiments confus de l'amateur du Tintoret qui pénètre dans telle église de Venise où sont exposées les œuvres du maître qu'il a passionnément étudiées aux Beaux-Arts, ou, pour revenir sur nos montagnes, je le disais, du trekker lorsqu'il contemple l'Everest. Se mêlent ainsi la distance de l'admiration et la familiarité avec l'œuvre, le paysage ou l'homme maintes fois rencontré dans les livres ou les images. Ongcho Lama n'est ni Le Tintoret ni l'Everest – il porte une barbe grise de trois jours, se gratte sans arrêt, se chauffe le dos au feu ou met franchement les pieds dans le foyer – mais il a participé de près à un événement médiatique retentissant en son temps sans se farder d'une seule de ces paillettes de gloire éphémère que bien d'autres auraient avidement essayé de retenir. Ongcho Lama ne fait pas commerce de souvenirs et c'est pour cela que je ne lui pose pas de questions de journaliste.

Hier je l'ai entendu chanter à l'aube, et, à la nuit tombée, je l'ai vu manger dans un bol, couché dans son lit. Il vient de Ringmo (le bled où les Suisses ont construit plus tard la fromagerie), dans les vallées plus basses du Solu et c'est sans doute pour cela qu'il tient tant à l'éducation des enfants. Les Sherpas du Khumbu aux perspectives plus austères ont souvent préféré voir leur jeunesse s'engager dans des activités plus immédiatement lucratives comme celles de sirdar ou de guide. Il s'est d'abord marié à Kangputi, une fille de Khumjung qui y a hérité de la maison de son père Sange Lama. Elle lui a donné son fils Khalden et sa fille Ang Purwa, et puis elle est morte. Ongcho Lama s'est remarié avec Angputi, de Kunde, avec qui il a eu un autre fils, Ang Gyelsem, moine à Thyangboche. Il m'a dit qu'il vivait maintenant en Allemagne, mais je ne suis pas sûr d'avoir tout compris. Ongcho Lama ne partage sa maison qu'avec sa seule servante et passe souvent l'hiver à Katmandou. Il m'a imité le sifflement du yéti, qui se termine par un cri et des bruits de baffes, slap ! slap ! mais ni lui ni la servante ne l'ont vu. Apparemment, ils l'ont juste entendu.

Puis nous avons parlé de la mésaventure de deux touristes qui se sont fait voler par deux Sherpas de Ringmo ou de Karikhola. Voilà qui l'inquiétait. Je suggère que les coupables soient envoyés dans la Ruhr.

Suite de l'affaire du scalp, dont j'ai recoupé les bribes dans les textes des ethnologues à l'auberge, et dans un article dégotté à Paris dans un numéro daté d'avril 1961 d'*Objets et Monde,* la revue du musée de l'Homme.

Konjo Chumbi est le chef de Khumjung. En 1960, il fut le premier Sherpa à quitter le Népal et à voyager à l'étranger, puisque c'est lui qui partit avec Hillary et le scalp en Europe et aux Etats-Unis. (A Londres, il fut invité à Buckingham Palace, mais ne put voir la reine Elizabeth. L'année suivante, celle-ci vint à Katmandou en compagnie du prince Philip. Konjo et sa femme décidèrent alors d'y descendre pour saluer le couple royal. Une longue marche. Sa femme accoucha d'un garçon – Ang Thukten – sur le trajet. Ils lui rajoutèrent le prénom de Philip. Le premier Philip sherpa.)

A Paris, Hillary et Konjo présentèrent le scalp à la Commission d'anatomistes et de zoologistes présidée par le professeur Millot. Les scientifiques déclarèrent qu'il ne s'agissait là que d'un fragment de peau d'échine d'un ongulé local, le serow, *Capricornis sumatrensis*, modelé en forme de coiffure. (A Londres, le Dr Osman Hill, spécialiste des pongidés, fut quant à lui moins affirmatif. Il avait en effet relevé sur le scalp deux espèces de parasites qui ne vivent jamais sur le serow et observé que les pigments de colorations des poils du scalp n'étaient pas les mêmes que ceux des poils de la chèvre. Mais ses remarques ne furent pas publiées à l'époque.)

Lors de son séjour parisien, Konjo visita le musée de l'Homme avec la délégation d'Hillary. Dans une galerie, il passa près d'une peinture tibétaine représentant la déesse Pelden Lhamo. A en croire la journaliste qui le suivit à l'époque, il désigna un personnage annexe placé entre les pattes d'une jument et dit : "Yéti, il mange les hommes." Le personnage désigné avait un corps humain, fortement charpenté et musclé, mais une tête de chien. Il tenait dans ses fortes mains un homme dont il dévorait un bras.

On présenta alors à Konjo une autre représentation du yéti (l'une de celles que j'utilisais au Tibet), mais il revint à la peinture de Pelden Lhamo. *Le yéti semblait lui être plus familier que l'image de Dourga, représentée sur un reliquaire, et qu'il mit quelque temps à reconnaître,* écrivit alors la journaliste. *Mais, ayant alors prononcé son nom d'une voix pleine de terreur religieuse, il nous fit assister à une sorte d'incantation, accompagnée de claquements de mains, qui se termina brusquement avec un rejet des deux mains en arrière. Pour lui, l'objet du musée avait gardé toute sa valeur sacrée…*

J'ai demandé à la jeune femme qui tient l'auberge où je pouvais trouver Konjo Chumbi.

— Il est parti en août à Katmandou… Il a plus de quatre-vingts ans. Il est très fatigué, sa santé est fragile. Je ne sais pas quand il reviendra…

— Et Lakhpa Domani ? Encore ici, au village ?

— Non, elle est partie il y a quelques jours. Je ne sais quand elle reviendra…

Les témoins ne témoignent plus. Et pourquoi le feraient-ils ? Qu'ont-ils reçu des mannes de la yétimania ? Rien d'autre qu'une réputation internationale de gentils montagnards, folkloriques, rudes à la tâche, solides d'épaules et de jambes, un peu mule un peu baudet. D'ailleurs *sherpa*, nom propre de l'ethnie, n'est-il pas devenu synonyme de *porteur* ? *Brave porteur.*

En quittant l'auberge avec mon paquet de notes, un peu dépité à ces pensées, j'ai traîné à l'autre bout du village. Il bruinait un peu, un soleil pâle tombait, il faisait froid.

Un sexagénaire débonnaire et sa femme m'ont hélé de leur fenêtre et invité à les rejoindre. Ils habitent au-dessus de leur étable où roupillent trois yaks placides. Passang Tenzing, c'est le nom de l'homme, a tenu à arroser notre rencontre de chang, la bière locale qui réchauffe. Il m'a montré ses piolets pendus aux murs. Passang est un coureur de montagne. Il est déjà allé cinq fois à Tingri, au sud du Tibet, et au Sikkim, dans des conditions périlleuses, "pour affaires". Une fois, il s'est même fait arrêter par une patrouille chinoise.

Il m'a dit avoir croisé un yéti, il y a treize ans, un mois de février, alors qu'il neigeait. C'était au nord de Khumjung, en direction du Tibet. Il a vu les traces et la silhouette de la bête. Alors il s'est mis à prier pour la faire partir. Et elle est partie.

Je lui ai montré les images du ksy-gyik et du migö. Il a confirmé : son yéti leur ressemblait. Sa femme, elle, a refusé de les regarder, la vue du yéti porte malheur. En bas, les yaks se sont mis à meugler.

Lakpa Domani ?

— Elle, c'est un Dzu teh ou un Me teh qui l'a attaquée, je ne sais pas…

THYANGBOCHE

Il faudra attendre l'aube, demain, pour voir l'Everest dans toute sa splendeur. Thyangboche n'est pas un village mais un monastère au sommet d'une montagne boisée. Une soixantaine de moines et de novices y étudient les Ecritures et reconstruisent le bâtiment principal qui a brûlé le 19 janvier 1989. Des groupes de trekkers et d'alpinistes et leurs caravanes de porteurs ont planté leurs tentes tout autour. Ils attendent les fêtes du Mani Rimdu, au neuvième mois du calendrier tibétain. Avec cette foule touristique, ça risque de tourner à la kermesse folklorique.

Les Sherpas signalent la présence du yéti dans le ravin situé en dessous du monastère. Il en sortirait parfois l'hiver pour venir rôder autour des habitations où l'on relèverait sa trace le matin…

Voilà ce qu'écrivait l'abbé Bordet dans le *Bulletin du Muséum d'histoire naturelle**. C'était en 1955.

* Vol. LXXXVII, n° 6.

Depuis, effrayé par l'agitation barnumesque du couvent, le yéti se sera carapaté.

Je m'en irai demain, Everest ou pas Everest, beau temps ou pas. Il faut que j'aille voir le scalp et la main conservés dans le temple de Pangboche, à quelques heures d'ici.

Un moine vient de me donner sa version sur l'origine de ces reliques.

Lorsqu'il méditait sur les hauteurs de Pangboche, Lama Sangwa Dorje, un ermite solitaire, s'est fait d'un yéti un ami. Ce yéti coupait du bois pour lui et lui trouvait sa nourriture dans la forêt. Un jour, le yéti est mort. Lama Sangwa Dorje fit garder son scalp et sa main dans le temple.

C'est aussi simple que cela.

Entendu aussi courir une autre histoire : cette main serait celle d'un voleur condamné, puni et amputé du membre criminel.

C'est encore plus simple.

PANGBOCHE

Stupéfaction. Le scalp et la main ont disparu !

Je suis entré dans le petit temple dès mon arrivée au village. Le gardien m'a montré la boîte, fermée à clef, qui contenait ces reliques. Il avait l'air désolé. Il m'a dit qu'on les avait volées. Ne reste que la vieille note des deux Américains qui les avaient trouvées et étudiées.

Peter et Bryan Byrne.
Slick Johnson Himalayan Zoological Expedition 1958-1959 (sponsorisée par la San Antonio Zoological Society.)
29 juin 1959.

Pangboche est le plus vieux des gompas du Khumbu (deux cents ou trois cents ans d'existence). Une carcasse du yéti y a été amenée du Tibet il y a longtemps. Le scalp pourrait être en réalité la peau et les poils d'un anthropoïde. La main, selon le Dr Osman Hill, responsable du zoo de Regent's Park de Londres, qui en a examiné les radiographies prises par cette expédition, est humaine.

Cependant, les lamas de Pangboche croient qu'il s'agit d'une "main de yéti". Ne voulant pas leur ôter leurs illusions, nous ne les avons pas informés du contraire.

J'ai interrogé tout le monde à l'auberge. Les jeunes Sherpas parlent tous plus ou moins l'anglais lorsqu'ils deviennent porteurs ou guides de trek. Pas un n'est capable de se souvenir de la date exacte de la disparition. Certains disent l'année dernière, d'autres il y a deux ans. A force de questions, j'ai fini par m'en faire une idée. Le vol a probablement été commis au début de l'été, juste avant la mousson qui annonce la fin de la saison touristique du printemps. Un jeune homme disait que les voleurs avaient agi une nuit d'orage privée d'étoiles, à minuit. Comme des démons.

Un paysan assis sur une peau de yak avec ses deux enfants m'a déclaré que c'était un coup des Japonais.

Pourquoi les Japonais ?. "Parceque les Japonais..."

Pas de raison plus précise à cette accusation antinipponne, rien qu'un soupçon : des Japonais se trouvaient dans les parages lors du vol.

Des Japonais... Qui trouve-t-on, rôdant autour de ce scalp ? Des Américains d'abord, et puis des Japonais : il n'y a pas de hasard.

En revanche, il est plus étonnant qu'ici les gens n'ont pas l'air particulièrement affectés par cette histoire.

Fatalisme ? Sagesse ? Habile dissimulation des sentiments ? (Vivons heureux, vivons cachés ?)

Ou subtile ruse ? Après avoir lu la note des Byrne : ... *Ne voulant pas leur ôter leurs illusions nous ne les avons pas informés du contraire*, si stupide et pleine de mépris, les moines pourraient très bien avoir eux-mêmes fait disparaître ces reliques sacrées afin de les préserver des regards indignes, lubriques et chirurgicaux.

Imaginez. Deux Sherpas pleins de curiosité descendus vers l'Europe… Un prêtre leur montrerait une église en leur disant : "La lumière rouge du tabernacle que vous voyez là, sur l'autel, signifie la présence du Christ en ces lieux." Stupéfaits par l'affirmation de cet incroyable mystère, ils décideraient d'en avoir le cœur net. Une nuit, ils pénétreraient dans l'église et forceraient la porte du tabernacle. Ils y trouveraient le ciboire rempli d'hosties. Ils en goûteraient une. Ils ne sentiraient que la fade saveur de la mie. Dépités, ils remettraient le ciboire en place, refermeraient le tabernacle et graveraient dans la nef ce mot en sanscrit : "Ne voulant pas lui ôter ses illusions, nous n'avons pas informé M. le curé que le corps de son Christ n'est que farine."

Et, bien plus tard, durant une nuit d'orage privée d'étoiles, à minuit, le calice et les hosties disparaîtraient… Le bedeau accuserait un Pygmée de passage dans les parages.

NAMCHE BAZAR

Un saut à Khumjung avant de rentrer à Namche. Vu l'ineffable Passang. Lui ai parlé du vol du scalp et de la main. Il a eu l'air de trouver ça très bien. *Good, very good !* Il riait.

Toute la journée, je me suis senti envahi d'un indéfinissable malaise. Une vague nausée, de brusques sautes d'humeur, des petits énervements contre l'invasion des touristes fluo, je me suis surpris plusieurs fois à parler tout seul, tout haut.

Mis tout ça sur le compte de la fatigue, de l'altitude, de la fin proche du voyage.

La cause, c'est le rire de Passang.

Alors je me suis mis à rire aussi.

Le yéti ? L'homme sauvage ?

Il court toujours. Malgré tout. Il est passé ici, il ressurgira là-bas. Il ne se laissera pas avoir. Tant mieux.

Rentrons.

ACTES SUD TERRES D'AVENTURE

CATALOGUE COMPLET
DES TITRES DISPONIBLES

Vladimir Arseniev
AUX CONFINS DE L'AMOUR

Alan Booth
LES CHEMINS DE SATA

Alvar Nuñez Cabeza de Vaca
RELATION DE VOYAGE (1527-1537)

Erskine Caldwell
A L'OUEST DU MISSISSIPPI

Jean-Marc Durou
L'EXPLORATION DU SAHARA

Isabelle Eberhardt
LETTRES ET JOURNALIERS

Amelia B. Edwards
UNE DAME DANS LES DOLOMITES

Didier Favre
LE VAGABOND DES AIRS

Yves Gauthier et Antoine Garcia
L'EXPLORATION DE LA SIBÉRIE

C. et P. Georgescu-Pipera
SUR LES TRACES DE FITZCARRALDO

Philip Glazebrook
FLÂNERIES OTTOMANES

Marc de Gouvenain
RETOUR EN ÉTHIOPIE
UN PRINTEMPS EN SIBÉRIE
LES TROIS VERRES DE THÉ DU CHEIK SIDI OTHMAN

Guido Gozzano
CARNETS INDIENS

Thierry Guinhut
LE RECOURS AUX MONTS DU CANTAL

Hayyim Habshush
YÉMEN

Thorkild Hansen
LA MORT EN ARABIE
JENS MUNK

Alain Hervé
LA PROXIMITÉ FOLLE DU PARADIS

Lieve Joris
MON ONCLE DU CONGO
LES PORTES DE DAMAS
LA CHANTEUSE DE ZANZIBAR

José Lenzini
BARBEROUSSE

Jean-Yves Loude
LE ROI D'AFRIQUE ET LA REINE MER

Ma Jian
LA MENDIANTE DE SHIGATZE

Patrick Maurus
LES BOUDDHAS DE L'AVENIR

Tom Miller
LA FILIÈRE DES PANAMAS
SUR LA FRONTIÈRE

Lawrence Millman
COINS PERDUS

Théodore Monod
MÉHARÉES
PLONGÉES PROFONDES (BATHYFOLAGES)
L'ÉMERAUDE DES GARAMANTES
MAXENCE AU DÉSERT
MAJÂBAT AL-KOUBRÂ

Théodore Monod et Brigitte Zanda
LE FER DE DIEU

Cees Nooteboom
LE BOUDDHA DERRIÈRE LA PALISSADE
DÉSIR D'ESPAGNE
DU PRINTEMPS LA ROSÉE

Cilette Ofaire
LE SAN LUCA
L'ISMÉ

Vassili Peskov
ERMITES DANS LA TAÏGA

Gontran de Poncins
KABLOUNA
UNE VILLE CHINOISE

John Wesley Powell
LES CANYONS DU COLORADO

Tobias Schneebaum
LA DEMEURE DES ESPRITS

John Steinbeck
DANS LA MER DE CORTEZ

Haroun Tazieff
EREBUS, VOLCAN ANTARCTIQUE

Göran Tunström
PARTIR EN HIVER

Adriaan Van Dis
SUR LA ROUTE DE LA SOIE
LA TERRE PROMISE
EN AFRIQUE

Nicolas Vanier
SOLITUDES BLANCHES
L'ENFANT DES NEIGES

Zhang Xinxin
AU LONG DU GRAND CANAL

TERRES D'AVENTURES
EXTRAIT DU CATALOGUE VOYAGES

L'Agence Terres d'aventure, spécialiste du voyage à pied, amicalement associée aux éditions Actes Sud autour de cette série ouverte sur le monde et sa diversité, propose plus de 200 randonnées semées de paysages et de rencontres inoubliables.
Au cœur de cette diversité, les grands espaces asiatiques ont toujours excité la curiosité des voyageurs et suscité explorations et expéditions.

Tibet – Chine – Népal
Mont Kailash et vallée de Humla
Grande traversée du Tibet central : du Tsangpo au Namtso

Tibet – Chine
de Lhassa à l'Everest : ermitages et monastères du Tibet

Inde
Himachal Pradesh : les vallées des dieux
Rajasthan : montagnes des maharajas

Ladakh – Inde
Grande traversée du Zanskar
Rupshu-Changthang : Dehemis au Tso Morari

Bhouthan
Tsechus et camp de base du Chomolhari

Népal
Ghorepani entre Annapurnas et Ohaulagiris
Sanctuaire de l'Annapurna
Grand tour de l'Annapurna
Grand tour du Manaslu
Camp de base de l'Everest et lacs de Gokyo
Dolpo
Mustang, à pied au royaume interdit

Pakistan
Vallées Kalash et de Swat

Tadjikistan
Contreforts du Pamir : vallées tadjiks des monts Franskye

CEI
Sibérie : monts Saiens, lac Baïkal et Bouriatie

Myammar
Birmanie : randonnées au pays des cent mille pagodes

Vietnam
Montagnes et ethnies du nord Vietnam

OUVRAGE RÉALISÉ
PAR L'ATELIER GRAPHIQUE ACTES SUD
REPRODUIT ET ACHEVÉ D'IMPRIMER
EN OCTOBRE 1996
PAR L'IMPRIMERIE FLOCH
A MAYENNE
SUR PAPIER DES
PAPETERIES DE JEAND'HEURS
POUR LE COMPTE DES ÉDITIONS
ACTES SUD
LE MÉJAN
PLACE NINA-BERBEROVA
13200 ARLES

DÉPÔT LÉGAL
1re ÉDITION : NOVEMBRE 1996
N° impr. : 40398.
(Imprimé en France)